講談社文庫

言葉を離れる

横尾忠則

講談社

言葉を離れる

目次

言葉を離れる

1　宿命に気づく時

中野孝次といえば『清貧の思想』で名を憶《おぼ》えた作家ですが、ある時とりつかれたように中野孝次の本を片端から読んだ時期がありました。それは古稀を迎える前後であったと思います。急に体調を崩して顔面神経麻痺や帯状疱疹に次々と襲われ始めた頃、今まで気にもとめなかった老化の兆候がにわかに現実感を帯びて忍び寄ってきたそんな時、書店でふと目にした中野孝次の『老年の愉しみ』という文庫本を思わず買ってしまいました。というのも老化を意識し、老年としての自分を認識し始めていたからです。

中野孝次の老境を迎える心情を綴った一連の本については後に語るとして、さてここで彼を引き合いに出したのはこの本の中の一文に心が引っかかったからです。その一文を短くまとめるとざっと次のような内容になります。

彼は少年時代から読書の悦楽に耽り、読書の魔にとりつかれたような日々を送ったのです。そんな読書三昧が彼の生涯を決定し、自分という者は読書によってつくられていると痛感し、若い頃に読書をしていなかったら「わたし」という者は存在しなかったであろう。そして読書のよろこびを与えてくれた運命に対し感謝し、この運命のふしぎをさずけてくれた神か何か超自然的な存在に心が傾きました。

といささか読書に対する中野孝次の狂信性にはぼくはあっけに取られてしまいました。一般的に読書と生活が一体化している人達にとってはごく当り前のことで、ぼくのように中野孝次を奇異な存在として捉えてしまうのは、ぼくは一〇代の終りまでの約二〇年間というものほとんど読書には無関心で少年時代を送ってきたからです。

一〇代のぼくにとって読書は美術や音楽やスポーツの得意な者がいるように一種の才能だと思っていました。だから自分が読書に無関心でいてもちっとも気にならないし、コンプレックスもなかったのです。学校で教わる国語は読書とは全く別のものと考え、ぼくの中では読書を学科とは分離していました。先生も特に読書を推奨するわけでもなかったのです。ぼくは小学校に入る前から絵を描くのが好きで絵本の模写に丁度読書の好きな子供がいるように熱中していました。絵本の模写はその内マンガや挿絵や映画スターの写真の模写に移り、高校に入ってからも油絵と並行しながら他人の描いた絵や写真の模写を止めることはなかったのです。ぼくにとって絵というものは最初から他人の作品の贋作を作るぐらいにしか考えていませんでした。中学の頃はマンガ家や挿絵画家に憧れてはいましたが、目的ではなかったのです。絵はただ愉しみのために描くものでそれ自体が目的で、将来絵で食って行こうなんて野望も野心も皆無でした。

一〇代の頃ぼくの中で絵と読書は水と油みたいなもので相対関係にありました。絵は感覚的で肉体的で遊びと考え、読書は観念的で精神的で学問だと思っていたのでしようね。ぼくの両親は尋常小学校しか出ていない無学の徒でした。父は新聞を読む時はいつも声を出して読んでいました。知らない文字に出合うと、そこは「なんとか」という言葉をはさんでお経のように読んでいたので、その「なんとか」の回数が多いとまるで暗号文を読んでいるみたいで実に笑えるのでした。文字だって「使」と「便」の区別がなく父の家計簿には「忠則の小便代」と記されていたり、「ぶどう」のことを普段「ぶろう」と発音していたので文章に書いても「ぶろう」になるのです。

そんな両親だから家には本が一冊もありません。だからぼくに読書を強制するようなことも一切なかったのです。中学の時、南洋一郎の密林冒険小説を買いたいとねだったら驚いた顔をして、

「小説を読んだら不良になる」

と言ったかと思うと、

「絵描きは河原乞食と同じや」

とも言うのです。商人だった父の若い頃大阪の阿倍野《あべの》で親しい友人がいて、その男といつも喫茶店で会っていました。その男の職業も知らず、きっとポン引きぐらいにしか思っていなかったのが、ある日その男が「自分が書いた本や」と言って父に本をくれました。その時初めてこの男が宇野浩二という小説家だということがわかって、怖くなった父はその日を最後に宇野浩二と二度と会わなくなってしまいました。とにかく父は少しでも頭のいい人間を見ると「赤やから近づいたらアカン」、難しい話をする人間はみんな共産主義者だと片づけて敬遠していました。


中野孝次の生家にも本は一冊もなかったのです。彼の父は大工職人で生涯に一冊も本を読まなかった人で母も読書とは縁のない人でした。この辺はぼくの家庭とよく似ていますが、彼は小学生の頃から「読書の病に膏肓《こうこう》までおかされた少年であった」そうです。読書と無縁の両親を持ちながら一方は読書の魔に侵され、もう一方はきみずが走るほど読書に嫌悪感を抱いていました。よく似た環境にありながらどうしてこうも人種が違うのでしょう。中野孝次はこの境遇を運命に準《なぞら》えているふしがあります。多くの読書家は読書が自分の人生に計り知れない影響と効能を与えたことを滔滔《とうとう》と説きますが、このような言葉に接する度にぼくの少年時代の読書の欠落には愕然としないでもないのですが、彼と同じ理由でぼくに読書の興味と機会を与えてくれなかった運命の謎を少しは探ってみたいような気がしないでもありません。だけど中野孝次の両親もぼくの両親も自分が本を読まなかったことを後悔していないし、別に疑問にも不思議にも思っていません。またこれが自分達の運命だとも思っていないはずです。だけれども中野孝次が「運命」なんて概念を引っぱり出してくるから、ぼくも考えもしないことについて考えるようになってしまったのです。人間が何かを決断する時、それは自分の意志に従ったのか、それとも運命に翻弄されたのかいちいち考えないけれど、彼のあの一文に出会った頃から、意志と運命について気になり始めました。

ドストエフスキーの『罪と罰』の翻訳者と若い作家がラスコーリニコフが金貸しの老婆を殺害したのは彼の意志であったのか、それとも運命のなせる技であったのかという設問に対して、訳者はどうも運命に従ったように思うと若い作家との対談で語っていたという話を最近会ったある美術評論家から聞いたのですが、その二人の対話が載った雑誌を読んでいないので、彼の言葉が大げさに思えたんです。

中野孝次が運命だなんていうものだから、ぼくは手元の辞書で「運命」の項目を引いてみました。すると運命とは「時代の推移とか、超越的な何かによってそうなることに決まっている、物事の成行きや人間の身の上」と書いてありました。運命に関して彼は神か何かに感謝したいと言っていますが、この「超越的な何か」が彼のいう神か何かなのかも知れません。そこでぼくは宿命についても辞書を引いてみました。するとそこには「環境から逃れようとしても逃れることが出来ない、決定的な星のめぐりあわせ(生まれつき)」と記され、別の辞書には「すでに前世で決められている運命」と書いてありました。

この運命と宿命の差異はぼくにはよく判りませんが、ぼくなりに少し考えてみました。運命はすでに宿命の中に包括されたもので両者はイコールではないように思います。宿命は宇宙原理みたいなもので動かしようのないもので、その支配力は運命をもコントロールすることが可能だけれども、といって、運命は宿命にガンジガラメになっているのではなく、ただひとつ宿命から条件づきで自由意志が与えられているように思うんです。その条件とは運命が宿命の約束を無視することができるということです。このように考えるとラスコーリニコフは彼の意志であると同時に運命でもあるということにならないでしょうか。それにしても中野孝次はどうも読書にとりつかれたのは生まれつきとして決定されたこととして認識しているように思うのです。だとするとぼくの場合でいえばぼくの運命はぼくには読書は必要ないと想定されていることになります。多感な年齢の時期の海綿のように柔かい脳みその活性期に読書などして知識をつめ込んで観念的になって芸術の根幹である感覚を失うよりはより肉体的に行動し、自然を相手に無邪気に遊びながら感性を育む方が将来画家になった時、読書で得る知識以上の知恵を手に入れることになるだろうと、そこまでぼくの運命が気をつかってくれたかどうかは定かではありませんが、もしぼくを生かしめようとする運命だか宿命だか神だか誰だか知りませんが、このことがぼくの前世で決められた宿命の約束であれば読書嫌いの少年時代もその後もそうですが、ぼくは十分納得できるのです。でないと世間の常識に従えなかったぼくの読書嫌いが大変なコンプレックスになり自信喪失につながらないとも限らなかったからです。

2　肉体が感得するもの

考えてみたらおかしな話です。ラスコーリニコフの殺人が彼の意志であったか、運命であったかの議論のことです。だってあれは『罪と罰』という小説の中の作り話じゃないですか。ドストエフスキーが勝手に書いた小説の主人公の心情がそこまで問題になるなんて、ドストエフスキーは想像していたでしょうか。小説というのは作家が難問を読者にぶっつけてあとはトンズラしちゃうわけでしょう。作家だって意志だか運命だか解るはずはないでしょう。それをまるで現実にあった事件のように読者が作家の策略にはまり込んでしまったんですから大したものです。まあそれぐらいの現実とおぼしき小説を書いて神秘化させたドストエフスキーはさすがというしかありません。

さて前回の続きの話題はこのくらいにして、今日はフェデリコ・フェリーニの話題から入ります。フェリーニの生活というと常に大勢の人に囲まれ、実に華やかな色彩と音楽に彩られた祝祭的な賑やかな彼の映画の舞台のようなイメージを抱きますよね。だけど彼の日常は全く映画とは反対にこれという浮いた話もなく、どちらかといえば退屈極まりない日常の反復で、朝家を出ると近くのカフェでコーヒーを飲んで顔見知りのタクシーの運転手と言葉を交したあとチネチッタに向い、撮影所でランチを食べたあと、所内の自分のオフィスで好きな絵を描く毎日で、何かコレクションをするとかスポーツに興じるとかの趣味があるわけでもなく、その上旅行も嫌いときています。撮影に入ってない時はあり余る時間を読書三昧で埋めているのかと思えば、なんと五〇歳になった時、不眠症にかかり、眠れない夜をベッドの中で悶々《もんもん》と過ごす苦痛から解放されたいために初めて本を読むようになったというのです。彼の読書嫌いは徹底していて自作の映画の原作も読んだことがないというのです。見事としかいいようがありません。

芸術家でも本の虫はいくらでもいると思いますが、例えばアンディ・ウォーホルなどは本というよりは新聞や雑誌の写真を見るのが好きなようで、自分に関する記事などは一切読まないというのです。ピカソも読書にはそれほど興味がなかったようです。だけどフェリーニもウォーホルもピカソも実にユニークで知的な作品を作ります。多くの知識人が読書によって自己が形成され、読書こそ人生の目的、人生そのものであると手放しで読書の重要性、功徳を説いています。では読書と無縁に生きた前記の芸術家達の人格は一体どこで何によって形成され教養を得たのでしょうか。ぼくが興味を抱く点はここにあります。フェリーニは五〇歳から読書を始めましたが、ぼくも読書に興味を持つようになったのはグラフィックデザイナーから画家にシフトした四五歳辺りからで、それまでは単発的にせいぜい年に二、三冊読めばいい方で、それとて途中で放っぽらかすのが大半でした。それも三〇歳になってからです。

人間は一〇代までに人格が形成されるといわれていますが、読書抜きで形成された人格は一体どのような人間性を獲得するのでしょうか。岩波文庫編集部編『読書のすゝめ』を開くとどのページでも読書の重要性、必要性、醍醐味が懇々《こんこん》と説かれていいます。読書抜きに自己を語ることは不可能だという考えで一冊ビッシリ埋め尽くされています。特に若い日の読書はその人の心の底に記録され、その後の人生の時の時に大きな力となって発揮してくると語られます。だとするとぼくの本のない青春時代はどのように考えればいいのかはたと困惑してしまいます。中学二年生の時、江戸川乱歩と南洋一郎の少年向けの小説を三、四冊読んだきりで、三〇歳になるまで読書を必要とする生活とは無縁の人生を送ってきたことになります。

ぼくが一九六〇年に上京した頃、会社の先輩デザイナーから、

「君はあまりにも物を知らな過ぎる、会社を辞めて大学に行きなさいよ」

と言われたことがありました。高校もおろか、大学にはとても入ることは不可能だった家の経済事情があったので、この先輩の言葉はぼくの耳には多少つらく感じました。だけど彼の言う「知らな過ぎる」という意味は知識のことです。彼が知っていてぼくが知らないだけで、逆にぼくが知っていて彼が知らないこともあるはずです。知る、知らないは大して重要ではないと思います。彼は単に世間が知っていることを知っている文化人に過ぎないと思うのです。基本的に読書に限らず勉強があまり好きではなかったぼくですから仮に受験しても落ちたでしょう。今でこそ美術家を名乗っていますが、高卒後は郵便局に勤めるのが夢で、休日には日曜画家としての生活設計を立ててはいましたが、プロの画家を志望したことは一度もなかったし、またそんな野望も野心も抱いたことはありませんでした。だからぼくの将来はごく一般的なサラリーマン生活が約束されていたはずです。そんな生活には高度な知性も教養も必要としないと思っていたので、ぼくの読書への無関心は当時のこのような予感によって人生がスタンバイされていたと考えていたのです。

だけれどもぼくの思惑とは反対にぼくの知らないところでぼくの運命は刻々と別の路線を準備していたのです。そのためには読書嫌いという性癖さえも仕組まれた約束のひとつであったように思えてなりません。全ての過去を肯定するぼくは今から思えば何ひとつ理不尽な事柄はなかったように思います。良いことも悪いことも、可能なことも不可能なことも、長所も短所も含めて全てが今の「私」であるための約束された仕組だったと考えられます。このように考えることによってぼくはそれ以上のものも以下のものも求める必要がないので、より自由でいられたような気がするのです。そして過去の出来事の全てはぼくにとっては想定外の出来事で、視点を変えれば何もかもがミラクルに思えるのです。確かに本は読んでこなかったけれど、本とは全く別の何かによって幸運と不運も体験させられてきましたが、このことはぼくに限ったことではないと思います。

それらの全てが肉体を通した経験と知識であったように思います。読書から得た知識は確かに貧困なものですが、読書による他人の経験との共有関係ではない、中野孝次がいう神か何か超自然的なものによって齎《もたら》される運命的な力とでも呼べばいいのでしょうか、そんな不可知なデモーニッシュなものを感じないわけにはいかないのです。そして読書に最適な時期に読書の機会を与えてくれなかったぼくの運命に対する不幸（一般的な）をも逆に礼節をもって受け入れる必要があるのではないかと今はそう考えるのです。だから本を読んでこなかったことにはそれほどコンプレックスはなく、読む必要がなかったことを正当化するのでもなくごく自然にそのことを享受できるのです。

本を読んできた人の意見や考え方を知るのには苦労はしませんが、本を読んでこなかった人の発言は滅多というか皆目見当たりません。なぜ本を読んでこなかったのかとフェリーニやウォーホルやピカソに直接会って聞いてみたい気持はあります。そして読書に代る何か別の才能が彼等の人格と創造を達成させたとすればそれは一体何であったのかは是非知りたいものです。ただフェリーニにしてもウォーホルにしてもピカソにしてもそうですが、彼等の周囲には実に多くの人達が集まっています。人に接することは彼等にとっては本に接することと同じだったのでしょうか。本との接し方と違って人という肉体と肉体の交流が時には読書で得る以上の知識や体験を与えてくれたのかも知れません。そういえばぼくも仕事を通じて実に多くの異ったジャンルの人達と至福の時間を共有してきました。人との交流は何も特別の言葉を交す必要もありません。その人物の存在に接するだけで、その人が発する言葉以上の見えない情報がその人の肉体を介してこちらの肉体にエネルギーと化して伝達されることがあります。会った人の名前を読んだ本のタイトルを並べるように並べることができます。このようなことを思う時、ぼくは多くの人から読書では得られない非常に貴重な体験を得たように思います。そしてこの得難い体験はぼくの無意識の蔵にきちんと整理されて保管され、ぼくが創造の現場に立った時、または人生の岐路に立った時、霧の中からその全貌を現してくれるように思うのです。

3　鍵の在処

　普通はどんな目的で読書に親しむのか知りませんが、読書の興味に乏しかったぼくからすれば、どうしてあんなに時間の食われる作業に没頭するのか、面倒臭がり屋のぼくのような性急な性格は本来読書に向いておらず、読書に搦《から》め捕られる時間のことを考えると勿体《もったい》無いと思っていたのです。人間の眼はあんな抽象的な記号の行列の上を滑らすためにあるのではなく、もっとこの世の美しいものを眺めるために神が与えたもので、そのために肉体が存在しているんですから、他人が見たり聞いたり考えたことに依存などしないで自分の眼と足で自由に出掛けて行って他人が読書で経験した以上の成果を自らの肉体に移植させた方がずっといいんじゃないでしょうかというのが四五歳になるまでのぼくの愚考でもありました。

そりゃどこにも出掛けずに読書三昧に興じていれば余計なエネルギーも体力も消耗しないで他人の人生を共有できるので確かに合理的で便利がいいかも知れませんが、所詮他人の経験の疑似体験で夢中夢を見ているのとそう変らないような気がします。読書はまるで自分で運動する代りにマッサージ師に運動を代行させているようなもので、吸収したと思っている知識も単に暗記で得た一種の社会的アクセサリーみたいなものに過ぎず、その知識が果たして自らの体験から学んだ人生の智慧に変換され、その享受者の土壌になり得ているのでしょうかと自分の非読書家を正当化しながらも、知識も大事かも知れないけれど、物識り博士になるよりもセンスのある人間として、知性と区別される悟性によってより感性の豊かな感覚世界で遊びたいという願望がどこかぼくを読書から遠ざけていたように思うのです。

読書に親しむ人間とぼくのようにある時期まで読書をさほど必要としない人生を送ってきた人間とは根本的に生き方に差異があって当然だと思います。ぼくが読書から見離されていた約半世紀の間を如何なる論理で埋め尽くせばいいのかさっぱり解りません。非読書は自分の意志だったのか、それとも運命の結果だったのかという設問に再び逆戻りしてしまいますが、どっちでもあるし、どっちでもないと思うのですが、やはり意志の働きよりは運命の悪戯ではなかったかと思います。面倒なことはみな運命にしてしまうと責任をとる必要もなく、便利だけれども運命の中にある非読書という資質というか、才能というか、気分というようなものを通して読書との無縁さが現在の自分を形成しているように思うのです。子供の頃から読書に親しんだ人生を送った自分なんて全く想像もできないし、もしそうだったとすれば今のぼくは存在していないと思います。美術家であったか別の職業についていたかなんて想像は全く無意味でしょう。なるべくして今の自分がここにいるということだけはきっぱり断言できます。それがたとえ生まれる前から仕組まれた宿命であろうと、魔が差した運命であろうと、こんなことを考えるだけでもぼくの人生にとっての非読書期間は逆に貴重であったといえそうです。

現在のぼくは熱心な読書家であるという自信はありませんが、絵の制作の合間を時間つぶしの読書に当てています。年間平均すれば一日に一時間程度でしょうか。時間つぶしに読んだり、またインスピレーションを得るために画集を見ることが多く、こんな時の読書は、にわか勉強で一種の火事場泥棒的瞬間芸を発揮しているようなもので、それが終ればハイそれまでで読んだ本の内容は同時に忘れてしまいます。読書に見離されていたのと同様、絵の勉強も全て独学なので未だに知らないことだらけです。読書などによる学習は確かに欠落していますが、逆に最初からアカデミズムから解放されているので色んな制約や規範からは常に自由な立場にいられるように思います。しかし他人からすれば大胆な作法というか、先ず無作法を平気でやっているように映るようです。無知といえば無知ですが、逆に物を知らないことの強味というか自由さを意識することもないですね。それは美術に限らず人生に於いても同様で、読書で習得した知識に縛られるということがないだけに逆にいい加減なものです。このいい加減ということは制約や規範から自由という意味でのいい加減なのです。いい加減の中で自分を超える時間を一瞬持つということがぼくには必要なのです。そしてそれが遊びであり自由であると思うのです。

だけれども読書で取得するような知識や教養は残念というか、当然ですが持ち合わせていません。その代り肉体で習得した感性とアンファンテリスムはそれほど失うことが少なかったと思います。知性の欠落がかえって感性とアンファンテリスムを養ってくれました。ぼくが美術家である以上この二つは創造の核なので手放さないようにしなければなりません。そして知性に代るべき武器として与えられた装置に「記憶」があります。知識における記憶は暗記だと思っています。それに対してぼくの記憶は全て体験によって肉化したものです。ところが勉強のための記憶に関してはぼくはははなはだしい健忘症です。この資質は子供の頃からで、知識的な記憶は底の抜けた壺の中に水を入れるようなものです。何故瞬時に忘れるのかわかりません。きっと勉強のための読書ではなく、時間つぶしの読書だからでしょうか。いつだったか新聞で筒井康隆さんが、大江健三郎さんと丸谷才一さんとの鼎談の中で、自分は勉強や教養のために本は読んだことはないとおっしゃっていました。だけど筒井さんは記憶の天才です。そこがぼくとの大違いです。ぼくの場合勉強のためにいくら本を読んでも何の役にも立ってないように思うのです。だから読書は時間つぶしのための瞑想みたいなものです。読書時に没入するだけで忘我の時間が終れば再び日常の雑念世界に戻ります。どうせ読み終ると同時に記憶から消えるのです。潜在意識が記憶していて読書は必要な時に記憶が芽を出すための肥料になるなんて言う人がいますが、そんなユングの説みたいなものに頼っているわけにはいきません。無意識や直観や閃《ひらめ》きや虫の知らせや神のお告げなどを期待していては何もできません。むしろこのような妄念から解放されている方がいいように思います。というのはすでに体験によって肉体の中には時と場合に応じて必要なものがスタンバイされていると感じるからです。勿論読書から得た知識も少しは内蔵されているかも知れませんが、それ以上に肉体が感得した経験と魂の記憶が肉体の声に変換される時、創造の手が動くのです。

勉強のための読書はぼくにとっては、時間的に非常なロスで勿体無いものです。なぜならぼくの場合、それは肉体を素通りした単なる知識だからです。その点無駄な時間つぶしのための読書は贅沢な戯れであると同時に忘我のための事業です。もし時間つぶしが勿体無いと言われるのなら一体いつ自分を超える時間を持つというのでしょうか。ぼくにとっての時間つぶしは自分自身を超えるための試金石なのです。ところで自分を超えるとはどういうことでしょうか。「超える」という言葉をぼくは感覚的にとらえているのです。自分を超えて超人を目指そうということではないのです。三島由紀夫みたいにボディビルで肉体を改造したり、音速を超える自衛隊機「F104」に搭乗して、肉体が精神を凌駕する瞬間のエクスタシーに陶酔するようなエロティックな挑戦ではなく、自分を包んでいるこのどうにも重たい肉体をデフォルメするのではなく、透明人間のように誰からも見えないような存在になれると実に愉快だなあと夢想するそんな自分からの離脱です。つまり物質的な存在としては全く役に立たない存在と言えばいいのでしょうか。例えば睡眠時に肉体から離脱するアストラル体のような存在に憧れるのです。自分であって自分ではない、しかしこの非物質的な存在こそ真の「私」であるという実感が得られれば最高だと思うのです。この場合の「私」はエゴからも離脱した無としての「私」なんです。この無としての「私」をなんと名付けていいのかぼくには解りません。宇宙意識と言えばいいのか、遍《あまね》く広大無辺な意識と言えばいいのか、それとも一口で空《くう》と言ってしまえばいいのか、現象界で通用する知識とか知性とか教養とか学問の属性から解放されたもっと自由な現実から分離したもうひとつの知性と呼べばいいのか、そんなものと接触することができれば素晴らしいと思うのです。そのような知性の蔵というかマザーコンピューターがこの宇宙のどこかに存在しているのではないか。アカシックレコードのような装置が

――。そことコンタクトを結ぶことのできる意識体を自分の中で開くことができれば、何も読書に頼ることもないわけです。

どうもわれわれが理性的な大人になりたいと思う心とは別の感情のような気がするのです。ぼくがさっきから言っている時間つぶしというか、あまり効率的ではない役に立たない無駄な時間の中で戯れるそんな赤子の無垢な真っ白な魂――。脳に振り廻されない肉体と直結した魂の声。その声は魂の図書館の蔵書からウワン、ウワンと響きわたってくる物凄い波動なのです。自分を超えるということはこの波動と一体化すると同時に宇宙意識にインボルブさせることだと思うのです。社会に奉仕をして徳を積むとか、その反対に自我を徹底的に貫くとか、それも善行為として悪くないと思いますが、そうした能動的な行為からドロップアウトした受動的な赤子の無垢な魂の中にこそ万巻の書棚の扉を開ける鍵の在処があり、それを手に入れる方法が自分を超える技術ではないかとぼくは時間つぶしの中で夢想するのです。こんな幻想を抱くのもきっと時間のかかる読書が面倒臭いからに違いないと思います。ボタンひとつ押すだけで書物のアカシックレコードが、ポンと頭の中に入力されるという未来の科学に期待したいところですが、別にそんなものを期待しなくとも、人間が死ぬことによって、この現世で手に入らなかった数々の観念も感情も一瞬にして自分のものになるかも知れません。外部の自然科学的な物質的現実ではなく、内部の魂的、霊的な現実を進化させれば、かなり死の領域に近づきます。欲する思想も哲学も知識も知性も理性も道徳もそして不道徳さえも、美学だってなんだって現世のものは勿論のこと、死の図書館の蔵書にはこの世にもあの世にもないものはない、それがぼくが夢想する世界観なのです。

4　観察の技法

前回の空想的な、妄想の夢想から覚醒して、もう少し現実的な物質的な世界の話に戻しましょう。あの時間の流れが止まったような、昨日、今日、明日の区別さえない子供の頃の話から始めます。

今から思えばあの頃寝食を忘れて陽が落ちて手元が暗くなるまで縁先きの廊下に腹這いになって、模写に取り憑かれたように熱中していました。一体何を源流としてあれほどまでに虜になっていたのでしょうか。普通子供はもっと自由奔放に好き勝手に画用紙の上を空想が駆け巡り、絵筆が踊るように戯れるはずです。ところがあたかも表現の自由を規制するかのようにぼくの指先は対象の模写のみに忠実に描く技術を使わせました。

　ぼくの模写は五歳以前からすでに開花していました。ぼくの両親も祖父母も全く絵心もなく先祖の遺伝子にはそのような形跡は見当りません。なぜぼくが物心がつくと同時に模写の興に憑かれたのかぼく自身説明できません。最新の遺伝学によると遺伝子が変化することが解ったといいますが、それはともかくとして、ぼくは幼児特有の殴り書きはおろか自由画や空想画などには全く興味を示した記憶はありません。最初から模写です。誰かの指導を受けたこともありません。ただ模写の対象に選んだ絵のみがお手本です。そういう意味ではお手本に忠実な僕《しもべ》でありました。お手本を師匠とすればぼくはその弟子ということになりますから、まあ狩野派の生き残りみたいなものです。このことが一過性で終れば単なる運命の気まぐれということになりますが、模写は画家になった今日までぼくの発想の一部というか肉体の延長となってぼくから離反する意志は全く感じられません。こんな風に考えると模写はぼくにとって定められた運命ということになり、無意識の内にぼくの身体が運命を受け入れたとしか考えられません。だったら運命の思いに従うしかありません。

　模写は対象の表現にピッタリ重なるように一筆一筆忠実に模倣することによってその作者と一心同体になり、作者の魂に触れる快感を得るために、自我は滅却されなければなりません。自我の滅却を得て初めて個人が普遍的な個になるのです。ぼくの一〇代はほとんどこうした模写の対象と同化することに大半の時間を費やしてきましたが、このことがぼくにとっての読書に代る行為であったように思います。読書が作者の世界を共有することで作者の思惑なり哲学なり美学を自分の手に落とし込む作業だとすれば、ぼくは模写によってそれを行っていたのかも知れません。「学ぶ」の語源は「真似る」というそうですが、ぼくは真似ることで何かを学んだといえそうです。

模写によって何を得たか？　それは観察する技術です。眼を通して事物を見るというのは、すでに観察行為なのです。ぼくは人と話していても相手の顔の造作を隅々まで観察し、脳内の見えないキャンバスにその顔の形を移植する習慣がいつの間にか出きてしまっているので、物を見ることと描くことを同時に行っています。具体的に絵を描かなくても頭というか心の中に観察した対象を幻の絵として内蔵させているつもりです。だから見ること自体の一瞬一瞬が絵の制作だといえます。見ることとイコール模写です。真似ることと学ぶことが同意語とすれば森羅万象が学びの対象、つまり読書ということにならないでしょうか。読書ではその本を著した作者の思考、思索が言葉となって読者の心に伝えられるわけですが、それは読者そのものの体験ではなく作者のフィルターを通過した疑似体験だと思います。疑似体験には肉体は伴わないけれど、そのまま知識として導入されるので、居ながらにして多くのことが学べます。それに対して非読書家は体験によってものを理解したり、感じ取ったりする肉体的本能が発達しているように思いますが、全ての非読書家がそうだとは限りません。

　ぼくのように成人しても一向に本を手にしたがらない人間にとっての知識や教養は肉体的体験が全てということになります。読書家の知識は同時に言語表現を伴いますが、肉体による経験は必ずしも言語表現を可能にするとは限りません。読書的知識が貧困な分、どうしても語彙が乏しいために知的表現に難点があります。しかし、その分、肉体的行動や態度が知識でガンジガラメになっている人より、自由な表現領域に参入するということも可能にしてしまうかも知れません。むしろ知識に対する制約がない分、恐れ知らずのレベルに遭遇することもありますが、その反対に社会的秩序を無視する行動に出かねないとも限りません。でもぼくの肉体言語はちゃんとそれを知っているので大丈夫だと思います。知識による言語体験はその点実に適確に表現してくれます。言葉を武器にしなければならない職業の場合は適確に言語表現をしなければコミュニケーションが成立しませんが別に言葉でコミュニケーションを必要としない職業の場合は、何もかも読書に依存することはないと思います。ぼくの職業である絵画の場合、キャンバスに描かれた以上の事物を語る必要はありません。音楽家は音楽が全てだし、アスリートはその競技が全てで、表現不可能な部分を言葉で補うというようなことは必要ないのです。アンディ・ウォーホルは自作について質問を受けた時、

「私の絵の裏には何もありません。絵の表面が全てです」

と答えましたがこれ以上の答えはないと思います。絵は感覚が全てです。言葉で表現できないものを絵という手段で表現しているわけだから、絵の享受者も知識ではなく感覚で把握する必要があります。全て知識で問題を解決したがる人は逆に感覚能力が退化してしまいます。特に視覚芸術は非論理的な表現によることが多々あります。その時観察能力を助けてくれるのは感覚、感情です。論理だけでは表層的にしか捉えることができないけれど、その作品の深層部分の真意を図るにはやはり感覚の力を必要とします。しかし感覚だけでも不十分です。やはり理性の力も必要とします。それだけでもまだ不十分です。感覚や理性だけではなく肉体をも統治する魂が重要な鍵になります。人間の原点である魂が全て決定するのではないでしょうか。魂は経験や知識の領域をも飛び越えた霊的な存在だと思います。

模写がぼくにとって読書の代行であったかも知れないということを述べました。しかし、あくまでも模写は模写、読書は読書でイコールではあり得ません。ただ模写によってぼくは「君のものはぼくのもの」という共有関係を得ました。だけどもし模写が模写だけで終ってしまえば、一体個性とかオリジナルはどうなるんですか、ということになります。模写を如何に上手く換骨奪胎するかがコツです。模写によって一旦対象と同一化した後、その対象を如何に手放すかが次なる試練です。この見極めを誤ると、あとは看板屋か贋作《がんさく》画家の道を選ぶことになります。そういう意味で模写修行には危険が伴います。日本の伝統美術の発展には模写の貢献が大きかったと思います。西洋はオリジナル信仰が強いですが、近代以前は美術は芸術家の創造ではなく、むしろ職人芸による作品が尊重されていました。だけど現代ではフェイクによる表現の幅が拡張され、オリジナル神話は怪しくなっています。アメリカの現代作家で近代絵画をそっくり模倣することをコンセプトにして、シミュレーション・アートと命名した画家もいるくらいです。文学の世界にもこのようなオリジナルを無視する危険があるのでしょうか。

読書家はその人の生涯読書を続けるようです。その点画家も読書をするように絵を描き続けます。だけど画家はある時期他者の作品と深く関わることはあるとしても、自己形成が確立すれば、孤独を愛し始めます。むしろ自己の魂との強い親和性を築き上げようとします。もちろん読書も享受者の中で他者と自己を一体化させますが、この辺は上手くいえないけれど微妙に異るような気がします。模写は対象の相手を殺すことです。相手を殺すことで自己が生きるのです。生殺し、半殺しではダメです。相手の息の根を止めるだけの技術が必要です。読書も同じことでしょうか。

さて、話を冒頭の子供の時代に戻しましょう。現在ぼくの手元には五歳の時に描いた「講談社の繪本」の『宮本武蔵』の石井滴水画伯による巌流島の決闘の場面を模写したクレヨン画が忘れ形見のように一点だけ残っています。この当時描いた絵の全てが模写だけれど、ある悲劇的な事情のためほかの作品は一点も残っていません。ただ中学時代の絵は数点スケッチブックの中に描かれています。友達のポートレイトとハエを精密描写した写生画二点を除いて他はどれも模写です。軍艦と飛行機の戦闘場面と外国と日本の映画のポスターの模写、それから岩田専太郎の小説の挿絵など四、五点です。模写以外の絵を描くことには興味がないとすでに書きましたが、将来画家になろうという気持は一切なかったのは事実です。小学生時代の成績はまあまあで、六年間はなんとか優等生として表彰されましたが算数、理科、国語、音楽と体操は平均以下で唯一成績がいいのは図工だけです。これでよく六年間優等生で通ったと思いますが、戦中戦後のどさくさの最中誰も落ちついて勉学に励むような環境になかったために全体的にレベルが低下していたのでしょう。現在のように塾など存在しないし、新制中学校も自動的に入れた時代です。

　小学六年の頃だったと思いますが『漫画少年』という雑誌があって、読者に投稿マンガを募らせていました。ぼくも毎月応募し特選になることはあったけれど一度も採用されることはなく、自分でもマンガの才能の限界を感じていた頃、野球選手の写真の模写が募集されました。数人の野球選手の写真が掲載されその中から選択するのですがぼくは大下弘選手が満席のスタンドの少年ファン達にサインをしている場面で、中でも最も難しい写真を模写しました。各選手一名に入賞者は一人という非常に狭き門にもかかわらず、ぼくの絵が採用されて雑誌に掲載されました。生まれて初めて味わう感動です。だけど模写で生活する職業は映画の看板画家になるしかなかったのです。確かに映画の看板画家には憧れましたが田舎町ではそんな職業はありません。

中学二年の頃、『少年』という雑誌で江戸川乱歩の『青銅の魔人』の挿絵を描いている山川惣治と南洋一郎の『片目の黄金獅子』の挿絵画家鈴木御水に憧れました。山川惣治は間もなく『少年王者』と『少年ケニヤ』で大人気を博し、小松崎茂と昭和を代表する超売れっ子挿絵画家になりました。鈴木御水は南洋一郎と同様、密林冒険画を得意とする挿絵画家でその表現は絵画的でぼくは挿絵界のドラクロアだと今も思っています。この頃、江戸川乱歩と南洋一郎の少年向けの小説を読むようになったのは挿絵に惹かれたからです。挿絵の力がなければ恐らくこの二人の小説を読むことはなかったと思います。挿絵の背景の物語を想像するために活字を読むという実に厄介な手段に生まれて初めて取り組むことになったのです。父親が声を出して読経するようにぼくも一字一句音声をあげて読みました。何しろ小学時代にも一冊も読んだことがないだけに読書は難行苦行でした。読書の習慣がないためか一向に頭に入りません。読みながらどうも他のことに気が散って、中々集中できないのです。先生からも「落ちつきがなく、キョロキョロする」とか、「他人にちょっかいを出す」とか、「幼児語が抜けない」と通信簿の父兄に対するコメント欄に六年間同じことが書かれていました。そんな性格だから当然読書時にも反映します。

とはいうものの江戸川乱歩と南洋一郎はぼくを蠱惑的《こわくてき》世界に導いてくれ、ぼくの空想的、夢想的性格を十分満喫させるだけの魅力がありました。そしてこの二人の小説家によって、ぼくの内なる怪奇と冒険とロマンが未知なる世界への憧憬の扉をこじ開けて空想の王国に魂に羽を付けて飛ばしてくれたのです。江戸川乱歩の怪人二十面相の隠れ家の石牢のような地下室はそのまま南洋一郎の南海の孤島の洞窟に一直線につながっていて、この都会の暗黒の底と南洋一郎の、死が眠る深い密林の沼の底は無意識界そのもので、夜一人で寝床の中で本を読んでいると現実と非現実の境域が崩れ去って、『ネバーエンディング・ストーリー』の少年のように空想世界の時空をファルコンの背に乗って自由自在に駆け巡るのでした。この時の読書体験はその後のぼくの人格を形成するだけではなく、創造の核として、今でも底の抜けたパンドラの函と化して底の底から無限の想像力が絶えることなく湧き上がってくるような気がするのです。

こんなに魅了された小説も、この時期に読んだ本は『青銅の魔人』、『妖怪博士』、『虎の牙』の江戸川乱歩の三冊と南洋一郎の『バルーバの冒険』全四冊を読んだだけなのに、この短期間の読書体験がぼくの今日の創造と深く結合しているのはなぜでしょうか。普通だったらこの読書を機に読書熱の虜になって、色んな種類の本に触手を伸ばしていくはずだと思うのですが、ぼくの場合はこれでおしまいなのです。恐らく江戸川乱歩にしても南洋一郎にしてももっと沢山の少年向けの小説を書いているにも拘《かか》わらずこれ以上読もうとしなかったのです。

ではあれだけぼくを興奮させた物語小説に代るそれ以上の何か別の魅力に取り憑かれたのかといっても別に心当たりはないのです。再び読書以前の沈黙がぼくを支配し始めます。その後高校に入ってからも読書的環境とは無縁の生活でした。この頃には模写に対する興味も薄れ、東京から赴任してきた美術の先生の影響で油絵を描き始めます。だけど一度だけこんなことがありました。高校生ともなれば現在のように大学受験一色ではなく、大学に進学する生徒よりも就職を希望する生徒の方が多く、時間つぶしに文庫本を読む者が目立ちました。そんな雰囲気にぼくも押されて、文庫本を二冊買ったことがあります。オスカー・ワイルドの『サロメ』とシュトルムの『みづうみ』です。『サロメ』はビアズレーの挿絵が載っていたからで、『みづうみ』は、『サロメ』同様、岩波文庫の一つ星で三〇円だったと思います。本の内容と無関係に一番薄っぺらい本ということでこの二冊を買ったのです。この本は五〇年も経っているので、赤茶けたまま現在も本棚のどこかに眠っています。そして未だに読んでいません。

5　波乱の始まり

今回は読書と少し離れますが、ぼくの人格を形成した一番大事な時期の出来事を少し語ることにします。すでにぼくのエッセイ集に書いたことがあるので「またか」と思われるかも知れませんね。

ぼくの生まれながらの性格には優柔不断、面倒臭がり、他力本願的な部分がかなり侵蝕しているために、つい自分の意志に従わないで主体性を放棄してしまうクセがあり、自然の成りゆきにゆだねた方が便利で気楽に生きられるという先天的な怠けグセをどうも自らに全面的に容認しているところがあるように思います。こんな性格が形成されてしまったのも多分、両親のぼくに対する猫可愛がり的な溺愛振りがぼくの自主性を摘み取ってしまったに違いないと未だにそのことを両親のせいにしているところがあります。

両親は信仰心が厚く、人生を導いてくれるのは神様だと信じており、あとは運を天にまかせておけば神様がいいようにしてくれると考えていました。結構倫理的・道徳的に育てられたぼくは外ヅラは良く他人と対立するようなことは滅多になかったけれども、ただ家の中では「内弁慶」と言われていました。ぼくは他家からの養子だったので、特別に養父母の溺愛を受けて育てられました。そのために「右のものを左に移す」のも面倒がる性格に育ち、常に両親の手を煩らわせており、本当に信じられないほど主体性の欠如した甘ったれの子供だったと思います。主体性を発揮するのは絵を描く時ぐらいです。

そんなぼくにもあと五、六年で一〇代の終りを迎えるという時期に待ち構えていたように突如として目まぐるしい出来事が次々と連鎖的に発生しました。人生最初の波乱です。もともとぼくは波乱の星を抱いて誕生してきたように思うのです。ぼくは長い間知らなかったのですが、高校二年生の時にぼくの両親が実の両親でないという事実を知ったのです。戸籍上でぼくが四歳の時に養子縁組が行なわれたようです。この時からぼくの運命は別の路線に切り換えられたわけで、もし養子になっていなければ今とは全く異った運命を歩んだことになります。生誕と同時に波乱のパターンをすり込まれたらしく、その後の人生でも同じパターンが反復されますが、だからといって驚くことはありませんでした。

父（養父）はぼくを中卒で町の小さい商社に入れるつもりでした。父は根っからの商人ですが、この頃すでに老境に差しかかっており、家業の呉服問屋もたたみ、下着などを自転車の荷台に積んで近隣の町村に行商していましたが、父はぼくを商人として後を継がせようと思っていたのです。そしてぼくもそうなると思っていました。学校は嫌いではなかったですが、勉強にはもうひとつ熱が入らなかったので、早々に社会人になるのもそう悪くないと思っていました。就職先も決まっており新たな生活が約束されていましたが、特別にこれという夢も希望もなかったように思います。今では信じられませんが、ぼくは人見知りが激しく非常に恥ずかしがり屋で、その上消極的で保守的で、目立つ存在になることを恐れていました。こんな性格も父親譲りですが、年老いた両親はぼくを手元に置いておきたかったので、地元での就職をこの上もなく喜んでいました。

ところが事態が一変したのです。担任の先生がぼくを高校に進学させるよう父親を説得してしまったのです。父もぼくも優柔不断な性格ですから先生の言いなりになってしまい、急遽高校に進学することになりました。高校では進学コースと就職コースに分かれましたがぼくは就職コースを選択しました。高校に入ると同時に小学校の頃から興味があった、郵便切手と日付入り風景スタンプの蒐集をするかたわら、郵政省公認の「郵便友の会」を校内に結成し、他府県の高校の「友の会」のメンバーらと文通を始めるようになりました。子供の頃からぼくは何かにつけてコレクション癖がありました。この頃から集め始めた各地の郵便局の日付入り風景スタンプは昭和二三年以来現在も旅先の郵便局で官製葉書に捺印してもらっているので何百枚もコレクションをしています。この時以来、今日に至るまでありとあらゆる物をコレクションしてきました。高校を卒業したら郵便局に勤めたいという夢を実現させるために正月と夏休みは郵便局でアルバイトをしていました。郵便はぼくにとっては旅の代弁者でもあり、居ながらにして遠くの人達とも交流ができます。その手始めとして外国の映画スターにも手紙を書きました。するとエリザベス・テーラーから手紙の返事と共にサイン入りブロマイドや、それからぼくの切手コレクションに役立てて欲しいといって彼女の所に来たファンレターに貼られた切手をはがして沢山送られてきました。他にはクラーク・ゲイブル、タイロン・パワー、エスター・ウィリアムスからもブロマイドが。少年にとっては夢物語のような話です。こうした行為を通してぼくは世俗的な大衆娯楽社会と肉体的、情念的に深く関わってきたように思います。アメリカのニュージャージーと熊本に住む女子高生とも三年近く文通が続きました。こんなことが忙しく、読書に対する興味は一向に湧かなかったのですが、文通が読書の代りを果たしてくれたような気がしないでもなかったように思います。ぼくは一〇代の頃から様々な体験を通して肉体的に読書に代る「何か」を学んできたように思うのです。小学生時代の時間の大半は模写と自然を相手に虫や魚を友にしてきましたが、教科書に書かれていない自然科学を現物で実践を通して肉体にきっちりと刷り込んできたように思います。すでにぼくの頭の中には自然に関する図鑑が出来上っていました。とはいうものの虫や植物の名称には興味がなく一向に憶えないのです。虫や爬虫類に対しては残酷な処刑を加えましたが、生物の生死を通して無意識に人間の生死への関心に結びついていったようにも思います。

高二になった時、東京から美術の先生が赴任してきました。この先生は中央の画壇の団体のひとつである太平洋画会の会友でプロの画家でもありました。その先生の影響でぼくは初めて油絵の魅力にとりつかれ、県下の市展や県展、学生展などに片端から出品するようになり、入選、入賞を重ねていく度に先生の指導にも力が入りました。先生は腕だめしのために、先生が所属する太平洋画会の公募展に作品を出品してみたらどうだ、と言ってくれましたので、期待をしないで出品しました。ところがまぐれだと思うのですが、入選してしまい、おまけに会友に推挙されることになりました。会友になると先生と同格に並ぶことになりますが先生としては想定外の出来事で面白いはずはないです。そこで先生は、「彼はまだ高校生だからプロとして認めるのは早過ぎるし、第一会費を納める能力がない」と勝手な理由でぼくに無断でぼくの会友推挙を断ってしまいました。実はこの事実を知ったのは四〇年後のことです。もしこの年齢で会友になっていればおよそ、現在とは違った人生を歩んだはずです。将来の夢はあくまでも郵便局員で、画家志望は眼中になかったのですが、中央の画壇の美術団体の会友になればぼくの中に眠っている野心や野望が目を覚ましかねません。そこまで先生が予測してぼくの会友を断念させたかどうかは知るよしもありません。だけどこれも運命の一環ととらえれば一概に先生のやったことを批判するわけにもいかないように思います。なるようになったと納得すべきでしょう。さらに矛盾しているかも知れませんが、この先生はぼくを東京の美術大学に進学させようとしたのです。ここで再び先生と父との間で交渉が行なわれました。校長先生もぼくの展覧会歴の成績を考えれば美術大学に入り、将来画家となって成功すれば学校の名誉として記憶されると考えたのでしょうか、一緒になってぼくの進学に協力的でした。困惑したのは父とぼくです。高校進学さえ経済的に貧窮していたというのに、さらに大学進学となればほとんど不可能な話です。にもかかわらずわが家の経済事情に無頓着な先生は高三の時にぼくを進学コースに移してしまいました。またしても父もぼくも現実を直視しないで他人のいいなりです。ぼくの楽観主義的な態度はともかく父もぼくには一言も反対しなかったけれど、内心ではかなり悩んだろうと想像できます。

そんなわけで高三の一年間は油絵の制作も減り、受験勉強の特練が始まり、英語と

数学の家庭教師をつけられました。数学の先生は、

「横尾君は数学がさっぱりなくせに、郵便の話ばかりして帰るんですよ」

と同僚の先生にぐちっていたそうです。美術の先生はぼくが高三になると同時に退職して帰郷しましたが、ぼくが受験で上京した際は面倒を見るから自分のアパートでデッサンの勉強をしなさいと約束してくれました。志望校は先生の出身校である武蔵野美術学校（現在は武蔵野美術大学）の油絵科を受けるつもりでした。そして試験日を一週間後に控えぼくは先生を頼って上京しました。そしていよいよ翌日が試験日だという前夜、突然先生が豹変したのです。

「横尾君、明日の試験は受けないで帰りなさい」

思いもよらない先生の言葉にぼくは啞然としてしまいました。理由はわが家の経済的理由です。「そんなことは最初から解っていたのに誰が進学を推めたのですか」とは気の弱いぼくは反論もできず、先生の言葉を信じて受験を取り止めることになりました。こんなことなら一年間もガリ勉などしないで絵を描いたり、郵便局に入る準備でもしていればよかったのにとさえ思いましたが、面倒臭がり屋のぼくは、「これはこれでいい」と思えたのです。美術大学に入るというのはぼくの意志ではなくむしろ先生達の意志だったと思います。進学を断念したことで喜んだのは両親です。逆に動揺したのは担任の先生です。

「なんで受験しないで帰ってきたんや。他に願書を出した大学はないのか。えらいことになってしもたな」

担任の先生は生徒の去就には責任があります。

「どこでもええか。近くに印刷所があるけど、そこやったら頼んだるわ」

と言って印刷所の社長に電話をした先生はその場でぼくの就職先を決定してしまいました。

求めもしない画家の夢は一瞬にして消えてしまい、さらに想像もしなかった印刷所の版下描きになるらしいのです。手先は器用だったので版下には自信はありました。それにしてもこの一年間のガリ勉生活は一体どう考えても理不尽です。よってたかって人の運命を玩具のように遊んだ大人に腹を立ててもいいはずですが、全く腹が立たなかったのは、最初からぼくには目的意識がなく、何も求めるべきものがなかったからでしょうか。再びスタートラインに戻ったと言うにしてはあまりにも無駄な時間旅行をしてしまった感じです。一年間のガリ勉で学んだ知識も一瞬に霧散してしまい、何ひとつ身についたものはありません。あるとすれば忍耐くらいですか。今になって思えば、ガリ勉の一年間に小説でも読んでいた方がよっぽどよかったかも知れません。といっても多分読書はしなかったでしょう。なんだかトコロテンで押し出されてとんでもないところにポトンと落とされたような気分です。何も知らない両親は地元で就職が決まったことに安堵の胸を撫で下していました。ぼくはなんだか親孝行をした気分になりましたが、ここで一件落着したわけではありません。次なる波乱が口を開けて待っていたのです。

町の印刷所に提出する履歴書を書いている時も時、ぼくの町から約三五キロ離れた瀬戸内海に面した加古川《かこがわ》市の印刷所から突然のスカウトの話が舞い込んできたのです。受験で上京する前に応募していた町の「織物祭」のポスターが一等になり、その記事と作品写真が新聞に掲載されたのを見た加古川の印刷所の社長からスケッチマンとして雇いたいと言ってきたのです。受け取った葉書を担任の先生に見せると、

「もう決まりや、こっちへ行き。よかった、よかった。隣りの印刷所はわしが断っておいてやるから」

と言って町の活版印刷所より規模の大きい加古川のオフセット印刷所に入社することになったのです。こんな絵に描いたマンガみたいなシンクロニシティがどうして起こるのか不思議なんですが、「捨てる者がいれば拾う者がいる」ものです。

拾われた印刷所で半年ばかり働きましたが、スケッチマンとは営業係が印刷の注文取りのためにデザインの下絵を描く仕事です。ところがこの仕事も次第に失くなり、ぼくは納品係にさせられてしまいました。ある日、印刷物を自転車に積んで四キロ程先の肥料会社に納品に行く途中、雨に降られ印刷物を濡らしてしまったのが原因でそ

の場であっさり首になってしまったのです。雨という不可抗力によって解雇されるなんて実に理不尽ですが、道草をしていたために雨に遭ってしまったぼくの責任だったかも知れません。まあ運が悪かったというのか、辞める時期だったのでしょう。両親に首になったとは言えなかったので定期が切れるまで、結局早朝の初発に乗って適当な駅で降りてスケッチなどして、夕方に何食わぬ顔して帰宅していました。その頃から少しずつ、町の商店街の包装紙のデザインの注文がくるようになりました。自宅でバイトのデザインを描いている生活の方がうんと楽で、仕事の合間に油絵を描いていればよかったのです。それにしてもデザインが商売になるとは夢にも思っていなかったので愉快な気分でした。美大に行かなくても絵で食えるぼくの生活を母は「神様のお陰や」と神仏に感謝しており、全て神様がそうさせてくれていると思っていたようです。窮地に堕ち入ってもすぐ救いの手を差しのべてくれる人がいることが母としては信仰の御利益と考えていたようです。ぼく自身は母のように神仏依存主義ではなかったですが、楽観的なぼくは一寸先は必らずしも闇だとは思っておらず、実にのん気なものでした。中卒後の商社勤めが突然高校進学に変更し、郵便局員が芸術家に方向転換したものの美大の受験はドンデン返し、町の印刷所に就職が決まったその翌日に別の印刷所に就職が決まったものの、それも束の間、思わぬハプニングで解雇されたけれど、ちゃんと受け皿が用意されていて町の商業図案家に転身。まるで川の漂流物みたいにあっちにぶつかり、こっちにぶつかりしながら一体どこに打ち上げられるのだろうと全く定まらぬ運命に翻弄されながらも、実はぼくの知らない次元で着々と着地点が準備されていたのです。

ベレー帽を横ちょにかぶり、黒のトックリセーターにコーデュロイのジャケットを着て、スケッチブックを片手に町の商業図案家は颯爽と肩で風を切って、商店街のアーケード通りを気取って歩いていたのです。その頃、神戸新聞の「読書のページ」のカットの常連入選者の一人だったぼくに、ある日神戸在住のやはり常連の投稿者の一人から、上位五人の常連入選者でグループを作らないかという誘いがありました。初顔合わせでグループを結成し、早々とグループ展を神戸の元町通りの喫茶店の二階で行うことになりました。そんな展覧会の会期中のある日、神戸新聞社の図案課長と当時山陽電鉄の宣伝部に勤めていたイラストレーターの灘本唯人さんの二人がたまたま展覧会中の喫茶店の前を歩いていたところ急に咽が乾いたというので、丁度目の前にあった一度も入ったことのない喫茶店に入ったのです。そしてそこでたまたま目にしたぼくの作品を灘本さんが図案課長に、「この子新聞社に入れたらどうですか」と推薦してくれたのが切っ掛けでぼくは思いもよらない神戸新聞社に入社することになったのです。もしあの日二人が喫茶店に入らなかったら、ぼくの今日はなかったと思います。母に言わせると、「神様の計らいやで」ということになります。

偶然が偶然を呼んだ結果ですが、もしグループ展をこの場所でしていなかったら、さらに神戸新聞にカットを投稿していなかったら、と次々と過去へ遡っていくと大学の受験を断った先生の一言までが全て連鎖的につながっていきます。この流れには何か因果の法則が働いているように思え、人間の運命の不可思議さがまるで奇跡のように思えてならないのです。ぼくの知らない無意識の領域でぼくの運命の計画が進行していたとしたら、運命ってなんとふざけた演出家なんだろうと勘繰ってしまいます。時間にすればこの五、六年間にぼくは一体何を決断したというのでしょうか。全くアホみたいに見事に他人のいいなりに徹してきたように思います。羅針盤も航海地図も持たないで大海に出た一艘の舟だったように思います。これという目的も結果も想定せずに持ち前の優柔不断さに従ったように思います。これでよく沈没しなかったのが不思議なくらいです。目指す港もなくただ揺れる時間に漂う舟に身を寄せているだけで着く港はどこでもよかったのかも知れません。だって将来デザイナーとして身を立てる気など毛頭もなく、未知の投稿仲間と知り会えたことがただ嬉しかっただけです。そして着地した場所がぼくのその後の人生を大きく決定する入口であったというのです。大学には行けなかったけれど、この体験こそ生きた大学であり、生きた書物だったように思います。どの小説を読むよりもこの間の物語はぼくのために書かれたぼくのための小説であったといえます。このあとぼくは、二一歳で結婚をしますが、この一〇代の最も多感な感受性豊かな海綿のように水々しい若い脳に対してぼくは一冊の書物をも与えなかったことを後悔はしていません。この後の人生も全て肉体を通過しない知識は中々自分の所有物にならないのはきっと暗記や記憶する能力が欠如していたからだと思います。だからそれに代って肉体が記憶装置になって経験を変換してくれたのかも知れません。

6　想定外の連続

　普段気にも留めないような出来事が、その後の人生に大きな影響を与えるという経験を経た後に、また何かが起ころうとしていたのに、まだこの時点ではそれが何かの機縁になろうとは自分でも予測がつかないでいました。

目の前に一冊の本が置かれています。三島由紀夫著『金閣寺』です。新婚間もなくの妻が会社の図書室から借りてきた本です。

「なんでこの本を借りてきたの？」

　このエッセイを書くために、五五年振りに思い出したように妻に聞いてみました。ぼくと同じように本など一冊も読まないような彼女が、自分でもなんでこの本を借りてきたのか解らないというのです。本人は読む気など毛頭なかったようです。また三島のファンでもなんでもなかったというのです。自分でも無意識が働いたとでも言いたそうなんですが、ぼくの半世紀後の質問に彼女はかなり困惑していたのは確かです。最初は彼女が読むつもりかなとも思ったのですが、一向に読む気配がないので、ぼくに対する肝試しのようなものかなとも思ったのですが、新婚生活の部屋には一冊の本もないのでぼくのことを読書家とは思っていなかったはずですし、この憶測ははずれです。

結論から先に言ってしまいましょう。もしこの時、妻が『金閣寺』を持って来なかったらその後のぼくの人生のシナリオはかなり書き換えられることになったかも知れません。いや、間違いなくそうでしょう。そう考えるとこの一冊の本は非常に重い意味を持つことになります。二人が求めて得た本でもなんでもない、まだこの時点ではただ単なる本の形をした物体に過ぎないのです。誰も読もうとしない本ならさっさと返してくればいいものを彼女は一向にそんな気配も見せず、猫ババでもする気でいるんでしょうか。そのわりには何の愛着も抱いていないようなんです。自分は何もしていないかのようなのです。その『金閣寺』はまるで誰からも見捨てられた孤児のように実に居心地悪そうに、完全にわれわれの生活の外側に押しやられているようにしか見えませんでした。しかし日が経つにつれてこの本の存在が何やら心理的抑圧に変り始めていたのです。妻に本を返す気がないのならゴミ箱に捨ててもいいのです。どうせカバーも破けていたし、古本屋に持っていってもこんなボロボロの本はどこも買ってくれそうにありません。今や実に目障りな存在になっているのです。

だけどこの不貞の子のように誰からも相手にされないゴミくず同様の本が、その後のぼくの運命を方向づける礎になるとは全く想定外でした。もし妻がさっさと会社に返却していればそれで終ったことですが、なぜ一向に返そうとしなかったのか、解らないというだけです。じゃあ、本自身が頑固に居座ったとでもいうのでしょうか。普通ではどうでもいいことなんですが、この一件に関しては簡単に片付けられない問題をはらんでいたと思うのです。妻がこの本を会社から持ち帰ったことは彼女にとってはほとんど無意識的行為であり単なる偶然だと思っているようで、「ただそうしたかった」としか言えないようです。元々本に無関心なぼくにとっては、この一冊はまるで禅の公案みたいで、頭の痛い問題でもあるのです。この本から避難する唯一の方法は逆にこの本から逃げないで、読んでしまった方がいいのではないかと次第に考え始めていました。この本は人格を持っているかの如く、ぼくに取り憑いているとしか考えられなくなりました。それにしてもどうして無関心なはずの一冊の本がこれほどまでぼくの心を乱そうとしているのでしょうか。どうせ読みたくもない本なら、さっさと処分してしまえばいいのに、なぜかそれができないのです。もはやこの本は霊力を所有していて、その霊力によってぼくを支配したがっているようにしか考えられなくなってしまっているのでした。

そんなある日、妻の留守を見計らってついに『金閣寺』を読むことにしました。読むといったって中学の頃に少年向けの江戸川乱歩と南洋一郎の小説を嚙った経験しかなく、本格的な文学作品は初めてだし、第一読書の技術など皆目です。案の定全く本の中に没入することはできません。読めないし難しい漢字の羅列と意味不明の言葉の連続に、難行苦行の忍耐を強いられている修行者のような気分でした。一週間ぐらいでやっと読了しましたが、残念ながら内容の把握までには至りませんでした。まるでお経を読んでいるのと変らないのです。ぼくはよくよく読書に向いていないDNAを持っているように思いました。今までも読書と無縁の生き方をしてきたわけですから今さら自分にとって似つかわしくない難解な文学などこれ以上読む必要はないということが判っただけでもよかったと思いました。

それにしても三島の『金閣寺』には無駄な苦痛の時間を味わわされました。そして二年も経たない内にこれも偶然の仕業によって思いも寄らず東京に出てくることになるのです。結婚間もなく制作したポスターが、デザイン界の芥川賞ともいうべき日宣美展で奨励賞に入り、これが切っ掛けで四年近く勤めた神戸新聞社を辞めて大阪の有名広告会社に入ることになるのですが、この会社が一年後に新社屋を建てて東京進出を企てたのです。それに便乗して上京することになりました。東京には行ってみたいと漠然と思ってはいましたが、こんなに早くチャンスが訪れるとは全く予想外です。それと同時にまたしても想定外のことが起こりました。父の急死です。また時を同じくして、この頃デザイン界に旋風を巻き起こすような大事件が発生していました。それは日本を代表する最高のデザイナー十数人によって結実した日本デザインセンターの発足です。大阪から上京するなりこのニュースです。この時ぼくは自分の運命をぼく自身の意思によって決断すべきだと直感して、この会社に入るためにぼくは東京に導かれたのだと勝手に決めつけてしまいました。上京と同時の父の死はぼくの足を引っぱりましたが、目の前にある最大のチャンスに眠っていた自我意識が覚醒したのです。父の死後郷里に母を一人残したままだったのですが、選択の道は二つに一つです。ぼくは母を捨てる気で日本デザインセンターに入るべく決断をして創立メンバーの一人田中一光氏を訪ね、この会社で働きたいという意思表示をし、ついに念願のスターデザイナーが集結するこの会社に入ることができたのです。運も味方にしましたが、目を開いて夢を見ているような気分でした。しかし、その反面自我を強引に通したツケか、入社一週間目に六〇年安保に揺れる国会議事堂前のデモに参加した帰りにタクシーのドアに挟まれて右手親指骨折というとんでもない事態に遭遇してしまいました。「無理が通れば道理が引っ込む」をモロに体験してしまったのです。従来のぼくの生き方と真逆の生き方の結果です。こんなに敏速にカルマの結果が表れるとは思いもよりませんでした。この経験はぼくに因果の法則を身体で教えてくれました。この因果の法則はその後のぼくの人生に常に大きい影響を与えることになります。その一〇年後にぼくは仏教に関心を抱くようになりますが、その最初の切っ掛けはこの時の経験によるものです。

想定外の上京と父の死、しかし念願の日本デザインセンターに入社できたもののぼくの未来は決して明るいものではなく息がつまるほど暗いものでした。ぼくの実力は周りの一流のデザイナーとは比較にならないほどその差は歴然としていました。デザイナーをのん気な職業と思っていたぼくと、本気で闘っているデザイナーが同じ土俵に立てるはずがないのです。教養と知性全ての点においてぼくは完全に劣っていました。淡水魚が河口で海水に襲われたようなものです。元々ぼくは淡水魚で海を生活の場にするような魚ではなく、読書と無縁の二四年間のツケを払わされているような思いでした。ある先輩デザイナーからは、「大学に行ってもう一度勉強をし直してきたらどうかね」とまで言われ、本来ぼくが働くような場所ではなかったのかも知れないと随分悩みました。唯一悩みの解決法は野心、野望を持てばよかったのかも知れません。そしてそれを実現するための努力をすればいいわけですが、ぼくの中では野心と努力が結びつかないのです。子供の頃の模写に熱中したことを思い出しましたが、ここには野心は全く介在していません。従って努力をしたという実感もありません。要するに模写することが生きることでもあったのですが、デザインに関しては生きるというよりは生活だったわけです。だからぼくにとっては他人と競う必要はなかったのです。しかしこの会社に集結しているデザイナーは社内だけではなく外部のデザイナーともその実力をまるで競技のように競っているように見えました。その点でぼくは模写時代の子供のようにデザインには熱中することができなかったのかも知れません。模写は技術さえあればなんとか描けるものですが、デザインは技術以前に思考が優先します。神戸新聞社時代のぼくのデザインはただ感覚だけで描いていたように思います。デザインについて深く考えるというようなことはほとんどなかったことを思い出しました。ぼくにとっては最も苦手な思考と真正面からぶつからざるを得なかったのです。やはり故郷に帰って郵便局に勤めながら日曜画家の生活がぼくにとって最もふさわしい幸福の追求なのではないかと真剣に思うこともありました。しかしデザイン界に飛び込んだ以上生活者を超えた次元での創作領域に入らなければデザインを真に理解したとは言えないのです。そのためにはデザイン理論と技術を学ぶ必要があるのです。それはもっぱら読書から得るしかないように思われました。デザインセンターのデザイナーはほぼ全員が専門学校か大学を出た人達でぼくのように普通高校を出ただけの者は一人もいません。だからと言って「ぼくは何も知りません」では通用しない実力主義の社会なのです。

とにかくここまでは身の丈以上の幸運に恵まれてきましたが、上京以来、骨折を含む様々な挫折をイヤというほど味わわされ肉体も精神もほとんどズタズタに切り裂かれるような思いが一年以上続きました。読書の必要性を強く感じたものの元々読書体験がない上に、ここまで切羽つまっていても本を読もうとする努力が内側からどうしても湧き上ってこないのです。

そんな時ぼくよりかなり遅れて一歳下のコピーライターが入ってきました。尊敬できる憧れのデザイナーは社内に沢山いましたが友達といえる人間は一人もいなかったけれど、彼とは友達になれそうだと直感しました。そのコピーライターは九州からやってきた詩人を目指す若者の高橋睦郎でした。いつも手に文庫本を持っていたのできっと読書家に違いないと思いましたが、ぼくと正反対の勉強家の彼と親しくなったこと自体不思議ですが、その彼の出現が暗い沼の底に沈んでいたぼくが這い出す機会を与えてくれることになるのです。どうして六〇人もいる会社の中で入社したばかりのややとっつきにくそうな彼と親しくなれたのかはわかりません。詩や文章を書く人間はぼくから最も遠い存在のはずですが、この彼との出会いによって突然ある因果関係が闇の中から立ち上ってきたのです。三島由紀夫の『金閣寺』が高橋睦郎と結びついたのです。もし、『金閣寺』という布石がなければ彼と親しくなったかどうか怪しいものです。彼がどのくらい三島文学に親しんでいたかどうかはこの時点では不明だったけれど、二人の話題の中心に三島由紀夫がいたことは確かです。高橋君をぼくの前に寄こしたのは彼の意思によるものではなく、ぼくの運命を司っている何者かが彼と引き合わせたと思うしか他に理由は見つからないのです。やがて彼を通じて徐々にぼくの知的関心の目が開かれていくのに気づき始めていました。まるで彼の思考は全てぼくのために準備されていたかのように、彼が縁になって未知の世界への扉が少しずつ開き始めました。彼は社内のイラストレーターの宇野亜喜良の装幀による第一詩集『薔薇の木　にせの恋人たち』を三島由紀夫に贈ったことから、高橋君は三島を知ることになるのです。まるで彼はぼくのために何もかも準備してくれているように思えました。まことに自己中心的なぼくの身勝手な発想です。やがて高橋君の紹介で三島由紀夫を知ることになるのが、四年在籍した日本デザインセンターを辞めた一九六四年、ぼくが二七歳の時です。

7　買書の心得

　上京して間もなく、といっても一年は経っていたと思いますが、まだ高橋睦郎君と出会う前のことです。『金閣寺』を読んで以来なんとなく気になっていた三島由紀夫が細江英公の写真の被写体になって写真集を出すという噂がどこからともなく耳に入ってきました。今になって考えるとこんな行動力がぼくのどこに潜んでいたのかと思うのですが、ぼくは作品を持ってぜひこの本の装幀をさせてもらえないかと初対面の細江英公に会いに行ったのです。どこの馬の骨ともわからない無名の若者のデザイナーに、「こんな大事な仕事はまかせられない」というのが細江さんの本心でその場はそれで終りましたが、この時の細江さんとの出会いから寺山修司を知ることになり、その後のぼくの人脈の拡張に繋がる切っ掛けを産んだのです。本当に人と人の出会いが人間の運命を定めてくれることをそれ以前もその後も何度も身をもって体験させられました。偶然といえば偶然かも知れませんが、後にこのことが必然になってしまうのです。こういう現象を信仰心の厚い母だったらきっと「人に生かされているのやで」と言うでしょう。信仰心の厚い両親に育てられたわりには、ぼくには両親のような信仰心はありませんが、人生の変化の中に現れる運命の存在のようなものは子供の頃から感じていました。だからなるようにしかならないのだという勝手な諦念がぼくに今まで努力を惜しませてきたように思うのです。だけど上京して以来運命に対する依存心から少し離れてきたように思います。しかし後になって思えば人との出会いや出来事には全て布石が打たれていたことに気づかされます。だから気にも留めないようなことでもその後に重要な意味を持つことがあるので、しっかり認識しておく必要性を感じてきました。

デザインセンター入社直後の右親指骨折は完治するまで一〇カ月近くかかりました。心臓の鼓動とシンクロしているような鈍痛から気をまぎらわすための映画も読書もその時は全く寄せつけなかったのです。その間も読みもしない三島本だけは新刊が出る度に買い続けていて、鈍痛が治まれば読むつもりだったのですが、相変らずぼくにとっては難解に思えました。興味の対象の世界観の違いだったように思います。それでも無理して読むようにしていましたが、他の本と同様なかなか内容に没入できないのです。ハッと気づくと何頁も先に進んでいるのに読んだという認識も記憶もなく、映画の場合もそうですがスクリーンを見ながら他の事を考えてしまうのです。集中力のないこんな性癖のぼくにはやはり読書は不向きなのかも知れません。その癖昼の休み時間には毎日のように銀座の書店に足を運んでいました。内側からの欲求が起こらないためになんとか外側から読書環境を作っていこうとしていたのです。高橋君やぼくのチーフの永井一正さんとは本にまつわる話をよくするのですが、もっぱら彼等が読んだ本の話を聞いているだけです。同僚の宇野亜喜良さんとはイラストレーションや映画やファッションの趣味が共通していたので、話をする機会が多かったのですが、知識や教養は何も本からだけではなくむしろ人や他のメディアから吸収するほうが多かったように思います。

デザインセンター時代はよく映画を観ました。特にヌーベルバーグやその周辺のヨーロッパ映画は片端から観ていました。そして『映画芸術』や『映画批評』といった映画雑誌を毎月読んでいたせいか、いつの間にか友人の和田誠君や宇野亜喜良さんからも「ヨコオちゃんの話はコムズカシイ」と言われるようになっていました。この頃、ぼくは三島文学と対極のような物語性や伝統を否定したヌーボー・ロマンのアラン・ロブ＝グリエに執心でした。当時はヌーボー・ロマンと呼ばないで、サルトルが名付けたアンチ・ロマンと呼ぶのが一般的だったように思います。三島文学と違って心理描写を排して、カメラのレンズのように視覚的に事物を物化し事実を事実として描写し、時間の秩序や順列を破壊しながら反復を繰り返していく表現にどこかシュルレアリスムのような前衛性を見たような気がしたのではなかったかと思うのですが、かなり昔のことだけにその理解度や記憶はあいまいなものです。ロブ=グリエを知ったのは多分アラン・レネ監督の『去年マリエンバートで』だったと思いますが、他にミシェル・ビュトール、ナタリー・サロート、マルグリット・デュラスにも興味をもちましたが、読んだ記憶は今ではすっかり忘れてしまっています。そしていつの間にか現代美術や現代音楽、現代舞踏や演劇などの前衛芸術に興味の対象が移り、本業のグラフィックデザインがモダニズムの合理的機能主義という時代遅れの鼻もちならないもののように思えてきてぼくの中に脱デザイン感覚が起きていました。その頃日本のモダンデザインは「デザインにも思想を！」とか、「デザインにもっと悲しみを」なんてスローガンを掲げて随分文学臭いことを言い始めていました。だけどぼくは相変らず映画雑誌だけで一般読書は三島とロブ=グリエ、それにアンドレ・ブルトンの『シュルレアリスム宣言』やロートレアモンの『マルドロールの歌』などを噛った記憶があります。だけどどんな本を読んでも行間を追っている時だけしか内容は頭になく、読み終ったら見事に忘却の彼方です。だからいくら読んでもインドの驟雨《しゅうう》の後のようにアッという間に蒸発してしまい後には砂埃しか残らないように思考や記憶がさっぱり溜まらないのです。だからぼくの場合は読書は人間形成の上にも知識の吸収にも何ひとつ役に立っていないように思いました。だけど読書生活というか買書生活をしていることでなんとなく知的コンプレックスが解消されるような気がして、精神的な安心材料が得られるように感じていました。大して効果のないサプリメントを常用しているようなものです。今でも基本的にこの考えは変りませんが、人間って何かに依存しているとそれだけで安心するものだと思います。読書も例外ではないと思いますが、依存している以上精神の自由は諦めなければならないでしょう。デザインなんて最初から自由を放棄しているようなものです。クライアントの制約と条件と目的意識にがんじがらめになって、その中でささやかな自由な表現を模索しているだけで、全人間的に解放されるなんてこととは全く別のものです。鋳型にはめられて、競技場の中でルールを守りながらプレイしているのとさほど変らないように思います。そんなデザインの宿命から解放されたいというぼくの気持が前衛芸術への興味となって、そちらの方へ自然に傾いていったように思います。とはいうもののデザインからアートの方に転向したいという気持が固まるまではあと十数年待たなければなりません。モダニズムデザインが捨てた前近代的な土着性とか個としての現代美術をぼくは拾い集めて、それをデザインの中に導入してみたかったのですが、その態度は反デザイン行為と呼ばれ、最も有名なデザイン評論家の勝見勝に「戦後われわれが築き上げたデザインを君はロンドンの地下鉄に貼ってあるような俗悪なポスターを作って、破壊してしまった。日本にいる必要はない。とっとと外国でもどこへでも行きなさい」とまで言われてしまいましたが、かえってこの評論家の言葉によってぼくの創作は解放されてモダニズムデザインと対立する姿勢を明確にすることができたのです。そういう意味では彼は皮肉にも恩人といえるかも知れません。

ぼくはやはり活字人間ではなさそうです。映画や美術などビジュアルな記憶はちゃんと阿頼耶識《あらやしき》の蔵に種子として記録されているので、いつでも必要に応じて引っぱり出すことができます。読書といえば活字に限られているように思いますが、ぼくは画集はかなりよく見る方です。今でも画集は手放せません。ぼくの聖書みたいなものです。画集によって思索した想像力は活字から学び吸収した思考を多分超えていると自負しています。画集を見ることはマントラを唱えるように直接肉体を通して感性に移植されていきます。見ることも考えることだと思います。いや、考えることを超えているようにさえ思います。活字は自分に代って他人の言葉で考えてもらっていますが、画集や展覧会では自分の想像力と感性によって自分の感覚で思念を造型化することができます。この行為は創造そのものとは言わないまでも、創造から分離したもうひとつ別の次元の創造といえるように思います。

ぼくは今でも絵を描くと集中しているせいか制作が終る頃声がかすれることがあり

ますが、絵を夢中に鑑賞すると描いている時と同じような状態が肉体に反映します。他人の絵を鑑賞しながら同時にぼくはその絵を描く作者になり代っているのかも知れません。またこんなこともあります。例えばですが、ピカソの絵を見るとします。そしてこの絵の色と線は失くてもいいのではないか、とか、描き過ぎている、とか、この絵の中にちょこっとぼくの絵を描き込んだ方がもっと面白くなるのではないかと、空想の中でピカソとコラボレーションをすることはしばしばです。このようなシミュレーションはあくまでも空想美術館のもので虚構の作品として現実には存在しませんが、絵に描いた餅としてぼくの創作の文脈の中に位置づけられ、別の機会に何らかの形で顕在化することがあるかも知れません。

ぼくの趣味は読書ではなく買書だとは度々言ってきました。ところが買書も一種の読書ではないかと思うのです。読むだけが読書ではなく料金を払って所有することでその本のイメージを買ったのです。買うという行為を通さなければ、読書の入口に到達したことにならないのです。本を手に取って装幀を眺めたり、カバーを取りはずしたり、開いた頁の活字に目を落としたり、時には匂いをかいだり、重量を感じたり、目次とあとがきと巻末の広告ぐらいは読みます。そして本棚に立て、他の本との関係性を楽しんだり、その位置を換えてみたりしながらその本を肉体化することで本に愛情を傾けていきます。ぼくにはこうした本に対するフェティシズムがあります。わが本棚には数え切れないほどの本が読まれないまま長年眠っています。そんな本の背を読んだり、位置を取り換えたりしながら、目垢をつけることで本の物質感を堪能するのです。ぼくにとってはこれも立派な読書なのです。また本棚に並んでいる昔買った本などを眺めていると、読んではいないが、すでにぼくの中で通過したり解決してしまって用のなくなったものもあります。かと思うとすでに忘れてしまっている思わぬ本に出会し、その本によって現在探求している問題が解明し、開示してくれる場合もあったりするのです。本の中味は読まなくてもぼくは常に本の背文字だけは読んで記憶するようにしています。最近は本を買うということがうんと少なくなりましたが、デザインセンターに勤めていた頃はよく買いました。買書によって負荷を掛けることで自分を読書の道に誘おうとしていたように思います。本を読むということはぼくにとっては一大事業だったのです。気持の上では時間が空けば読書に当てようと考えるのですが、どうしても体が拒絶反応を起こすのです。だから実際に時間が空くと映画を観に行ったり画廊巡りをしたり仲間と夜遅くまでおしゃべりをしながら生活を戯れることについつい夢中になってしまうのでした。

デザインセンターの四年間は長くも短くもなくどちらとも言えませんが、退社を控えていた時期は蚕が繭の中で蛾になるための遅々と進まない作業を終えて冬眠状態に入っているような気がしていました。ぼくを入社させてくれた田中一光さんも重役の亀倉雄策さんもすでに退任してしまったことが多少ぼくを動揺させたことは確かです。二人の大御所が去るということはこの会社がすでに魅力を喪失してしまっているのだと直観したぼくは、宇野亜喜良さんと会社を辞めてニューヨークのイラストレーター集団「プッシュピン・スタジオ」のようなスタジオの新設計画を立て、同僚のイラストレーター原田維夫《つなお》を誘って三人で銀座に小さいスタジオ「イルフィル」を創立しました。ところが全く仕事の依頼はなく、当初の夢のビジョンはことごとく崩落して一年半位で解体してしまい、三人共個別に仕事場を持ち、フリーランスデザイナーとして独立することになりました。この間草月会館主催のアニメーション映画に出品する作品を制作しました。和田君、宇野さんらも出品しました。和田君の「殺人MURDER」は傑作で大藤信郎賞を獲りましたが、ぼくの作品は来日中のダダのハンス・リヒターの眼に止まり、彼の著書『ダダ』で取り上げられ、ニューヨーク大学のコレクションにしたいのでフィルムを送るよう要請を受けたにも関わらず、プリント代が調達できずチャンスを逃してしまいました。フリーになったもののスタジオ「イルフィル」の時代と同様全く仕事から見放されていました。デザインセンターへの入口も出口も大きい挫折に迎えられました。西脇《にしわき》、神戸時代の人生と一変してしまいましたが、幸い才能のある友人達に恵まれていたとはいえ、彼等に依存するわけにはいきません。

さて読書ですが、この頃の二、三年は本を読んだ記憶はありません。しかし相変らず買書は続けていたと思いますが、何しろ経済的には完全に底をついていたので果たして本が買えたのかどうか怪しいものです。しかし、イルフィル時代の宇野さんとて同じだったと思います。一九六四年東京オリンピックのあった年、ぼくは和田君を誘ってヨーロッパツアーに参加しました。オリンピックに参加するヨーロッパの選手を乗せてきたチャーター機が空《から》で帰らなければならないので、その機を利用したツアーです。父の死後郷里の家を売ったお金がわずかにあったのでなんとかヨーロッパに行けたのです。三週間ばかりの初めての海外旅行ですが、この旅行にも一冊の本も持って行かず、代りにスケッチブックを二冊持っていきました。よくよく読書に興味がないことがおわかりいただけたと思いますが、とにかく言葉、文字、活字に興味がないというかチベットの高僧と比べるわけにはいきませんが、言葉を信じてなかったのかも知れません。言葉はどこか虚しいものと考えていたのかも知れません。本に興味がないということは飛行機に例えれば片肺飛行、いやエンジン無しで飛んでいるようなものです。それにしてもよく墜落しないで飛べたものです。

ところで「絵を読む」とか「絵を読み解く」という言葉をよく耳にします。またこの言葉をそのまま題名にした美術評論なども見かけます。最初は何のことかよく解りませんでした。絵はあくまでも見るもので読むものではないはずです。絵は感性で感じ、見るものでしょう。にも拘わらずなぜわざわざ言葉に置き換えるのでしょう。言葉に置き換えた時点で感じ取った時の感覚は失ってしまいます。感じることは頭脳的な作用ではなく、肉体的な作用だと思うのです。それをなぜわざわざ通じにくい言葉に置き換えなきゃいけないのでしょう。そりゃ評論家は言葉の表現者だから言葉を使用して伝えようとしますが、言葉を多用し過ぎてかえってややこしくしてしまっています。実作家であるぼく達が読んでも解らないことの方が多いのです。第一こんなに言葉を多用しなければ理解できない絵があるとすればそれは観念的な感性で描いたというより思考によって描いた作品ということになります。

絵を描くということはむしろ言葉を排除する作業だと思います。絵の中に少しでも言葉が残っているとその絵は消化不良の作品だと思います。絵の中から言葉を徹底的に排除することで絵が絵になるのではないでしょうか。そうして絵からすっかり言葉を排除した絵に再び言葉を与えるということは一体どういうことなんでしょう。「この絵は何も言うことなし、ウン、ヨシッ」だけじゃ評論したことにならないからウダウダ色んな言葉をかき集めてきて、言葉によって逆に絵をダメにしてしまっている例だってあるように思います。

8　三島由紀夫の霊性

スタジオ・イルフィルに在籍中に真鍋博、宇野亜喜良、横尾の三人の連続個展が京橋の日本橋画廊で開催されることになりました。真鍋さんも宇野さんも売れっ子イラストレーターだったのに対してぼくは一般的には全く無名だったので、彼らと並ぶことを内心恐れていましたがそれ以上に胸が高鳴っていました。しかも生まれて初めての個展です。それも東京のど真ん中で。そしてここでその後のぼくの運命を決定づけるような人物との出会いが起こるのです。まだ日本デザインセンターにいた高橋睦郎君が三島由紀夫をこの画廊に案内してくれました。

「アメ公の女と帝国海軍の旭日旗か、ウワッハッハッハッ」という大きい笑い声と一緒に三島由紀夫が画廊に入ってきたのです。ベージュ色のレザーのポロシャツの開いた胸元から胸毛を覗かせ、ぴたっと腰に食い込んだような細いパンツ、素足に白いヨットシューズ、手にはレンガ色のフットボールを型取った皮のバッグ、なぜか左腕の白い絆創膏が痛々しくも眩しい。その時ぼくは三島さんに見に来てもらったお礼に、この「アメ公の女」（原題＝《眼鏡と帽子のある風景》）の絵を差し上げたのです。この絵は部屋の主が亡くなった後も書斎の壁に残されていました。三島邸に呼ばれたのはこの絵が壁に掛けられたその日でした。どう考えてもこの絵は雑然とした重苦しい書斎には不釣合いに思えました。ぼくのうんと初期のメルヘンチックな童画風の絵です。だけど蕗谷虹児を好む三島さんの少女趣味とどこか一脈通じるものがあったのかも知れません。ダンツォネの影響で増築されたと思われる三階のバルコニーに面した二つの乳房のような円い部屋で、ぼくは澁澤龍彦と森茉莉と堂本正樹の三人を紹介されました。バルコニーからは丹沢の山並が霞んで見えました。

「ホラ、澁澤君、あの山の頂上に空飛ぶ円盤が現れたんだよ」

澁澤さんは三島さんの指の差す方向に身体を乗り出して今しがた円盤が出たかのような驚きの表情で両目の瞳孔を開いていました。そこに奥様がお茶を運んでこられて、

「あら、あなたまたウソついてんのね」

と言われて、空飛ぶ円盤の話題はその瞬間空中分解してしまいました。三島さんと

澁澤さんはまるでオカルト少年のように奇譚物語が大好きで黒沼健の隠れた愛読者でもあったようです。実はぼくも隠れ黒沼ファンで、新潮社から出ていた彼の四次元や怪奇超常現象や超古代文明などの本は全部持っていて、黒沼邸を訪れたことさえあります。科学的に解明できる世界よりも、むしろ非科学的な世界の持つ神秘性に惹かれたのです。このような世界は、理性の発達しない子供が好むものかも知れませんが、自分の存在や、自分をとりまく世界は常に謎に満ちていて、人間を超えた存在として、神や宇宙や運命を想起する切っ掛けを与え続けてくれるのでした。このような人類や地球の謎を解明することは自分自身や、人間の生死を見つめる哲学に通ずると感じていたのだと思います。五感で知覚認識できるこの物質世界が全てで、その奥にあるかも知れないこの現実と分離したもうひとつの現実を考察することは、知の領域では現実を無視しているものとして意識的に排除されてきたように思うのです。とはいうものの人間は肉体的物質的存在ですから、それを否定するわけにはいきません。だから物質的存在であると同時に非物質的存在でもあるという認識に立ちながら、ぼくは死についても考えるようになっていました。死は肉体の消滅によって解消するのではなく、むしろ本当の問題は死の瞬間から始まるということをぼくの本能が示唆していると感じ始めたのが、丁度この時期だったと思うのです。

さて再び現実に目を移すと、三島さんに会って以来、三島本にはなぜか関心が薄れて買書趣味も歯抜け状態になりがちでした。三島本を読むよりも三島さんの存在を直に肉体的に感じとることで生きた読書ができていたからです。ある意味で三島さんはぼくの教育係でもあったように思います。その教育とは先ず「礼節」を重んじることでした。三島さんはぼくの作品を評して「礼節のない無礼な芸術」と六六年の南天子画廊での初の絵画展のカタログに書いています。三島さんは芸術は本来無礼なものだ、だからと言って芸術家は無礼であっちゃいけないと言っていました。芸術が縦糸とすると礼節は横糸でこの両者の交差した所から霊性が生まれるのだと。だから「礼性は霊性なり」とも言いました。それほど礼性は芸術にとって重要であると。芸術に霊性が宿ることで真の芸術が達成すると言わんばかりです。そしてこんなことも言いました。この世の芸術には霊性は通じにくいが、あの世の芸術に最も必要なのは霊性であると。芸術は本来あの世からこの世に齎《もたら》されるものであって、その源泉は非物質世界のものであると言わんばかりの論理です。だから三島さんは霊感を芸術の最大の核と考えていたように思いました。まるで思想よりも霊性の方が上位だと言わんばかりに。三島さんの思想は肉体だったと思います。それはこの世では人間は肉体的存在だからでしょう。むしろ精神が先行することを恐れていたのか、常に肉体を思想の中心にすえていました。霊性と矛盾するように見えますが、この物質界に人間が存在する以上は物質としての肉体をおろそかにできないからでしょう。しかし芸術の本源が非物質界にあるとすれば、別に矛盾はしていません。分り易く言うと真の芸術は物質界と非物質界の交流の結果の産物であると言いたかったのではないでしょうか。

　三島さんが亡くなる年にぼくに贈られた横尾論にそのことが明瞭に語られています。少し長くなりますが三島さんの『芸術断想　三島由紀夫のエッセイ4』（ちくま文庫）の中の「ポップコーンの心霊術　横尾忠則論」から引用します。

「横尾氏のやつたことは、＋《プラス》に＋を掛けて－《マイナス》にするということではなく、－に－を掛けて＋にすることだつたが、これはいはば国際親善とは反対で、又、ツーリズム、世界的流行、工業化社会、都市化現象、大衆化社会などとも反対の、人の一番心の奥底から奥底への陰湿な通路を通つた、交霊術的交流なのだつた。彼は、日本の土俗の霊を以て、アメリカに代表される巨大な機械文明の現代に、或るフワフワした、桃いろの、ポップ・コーンのやうでもあり、ゴム風船のやうでもあり、いづれにしても、パンと割られたらおしまひの、合成樹脂製の人魂《ひとだま》を喚起したのだつた。この人魂には、ハバカリの匂ひや、悲しい巨大な旭日の栄光や、女の涙や、やさしい不具者や、あらゆる人間的なものがまつはつてゐた。それにしても、とにかくそれは人魂なのであり、人間の霊魂の証《あか》しなのだつた。

　霊魂は温かい、唯一の温かい言葉になつた。彼の藝術の独特の暗さと温かさは、かくて霊的なものである。それは二十世紀のもつとも先端的な通信手段であるところの、心と心との交流、すなはち心霊術に基づいてゐるからである。

そこに「英雄」が立ち現はれる。

英雄は、正にこのやうな交霊によつて喚起され、土俗の中から、土でつくられた巨人ゴーレムのやうに立上らなければならない」

三島さんのこのような考え方と三島さんが空飛ぶ円盤の会に参加したり、神秘主義やロマン派の絵画やスウェーデンボルグに惹かれていたのは偶然ではないように思います。一方三島さんが心霊に興味を持ち輪廻転生を語っていたことは『英霊の聲』や『豊饒の海』が証明しています。その辺りはうまく思想とからめて、神秘主義者と思われないようカムフラージュされていますが三島さんの本質は神秘主義にあると思います。神秘主義は隠された世界の探求だと思います。三島さんとの交流は回数にすれば一場面、一場面想い出されるくらいですからそんなに多くなかったかも知れませんが、その密度は会った回数を遥かに凌駕していたと思います。

話は一足跳びに三島さんの死に至ります。三島さんと最後に話したのは死を決行する三日前の夜半です。これまでの四年間でぼくの方から三島さんに電話をしたことは一度もなかったにもかかわらず、この夜はなぜかぼくの方から三島さんに衝動的に電話をしました。別に用があったわけではありません。電話をした時点ではまだ三島さんは帰宅していませんでしたので夫人と雑談を交わしていましたが、そこに三島さんが戻ってきました。どんなことがあっても三島さんは夜の一二時までにはきちんと帰宅する人です。この時、三島さんはぼくが『新輯薔薇刑』（細江英公写真集）の中に描いた黄金色に輝いた三島さんの横臥した肉体の全身に薔薇が刺さり、ヒンズーの神々に奉られながら暁の海を背景に宙空に浮上しているという絵を大変気に入ってくれて、

「あれは俺の涅槃像だろう？」

と一方的に主張して譲りませんでした。だけどぼくにはそんな意識はなく、涅槃の聖なる姿態とは対照的な後宮の女が男性を誘惑するようなオダリスクのポーズを取った三島像ですから、むしろアンドロギュヌス的であの絵が涅槃とは決して思ってもいなかったのです。

この時点では三島さんの言葉の意味がもうひとつ飲み込めないままでしたが、その三日後の三島さんの自死でその言葉の意味の謎が解けました。つまり三島さんが涅槃像と言って後に引かなかったのは、三島さんはこの寸善尺魔の現世には二度と戻らないという決意で、輪廻転生のサイクルから脱却して、涅槃という不退転の土《ど》にそのまま居座りたかったのだと思いました。ですから『豊饒の海』は遺書と考えられます。三島さんがロマン主義に惹かれたのは夢や死を夢想するのではなく、肉体と精神に宿った不透明性を吐き出す行為を芸術に求めたのだと思います。何もかも吐き出し、阿

頼耶識の蔵にたまった種子を空っぽにして死にたかったのです。阿頼耶識に転生を必要とする種子が残っている以上、再び転生せざるを得ないから、とことん創造を通して想いの丈を吐き出し、そして最後の吐き出しが自死だったように思うのです。吐き出し切れずに消化不良のまま死ぬと、現世に残した未練と執着のために再び現世に戻らなければならないことを百も承知の三島さんだったからです。それをわれわれに悟られないように巧妙に演出した死があの市ヶ谷の自衛隊の舞台で、われわれの関心を思想的政治的な方向に目をそらさせたのではないかと思っています。ぼくは未だに巧妙に書かれた三島演劇だったと思うのです。だからステージも観客も必要だったんでしょうね。

三島さんの最後のぼくに対するメッセージはやはり「礼節」でした。この当時ぼくは足の動脈血栓で四カ月の入院生活でも治らないまま退院したばかりでした。その頃ぼくは『芸術生活』という雑誌に「イラストレーター休業日記」を連載していました。

「君は俺が病院に見舞いに行ったことは日記に一切触れないで、高倉健と浅丘ルリ子が来たことしか書いていなかったが、あれは一体どういうことなんだ？」

と三日後に死を決意した人間の言うことかと後で思いましたが、あの言葉はぼくの礼節のなさを咎《とが》めた一言だったのです。三島さんは最後の最後までぼくの礼節のなさの教育者だったことが、三島さんの死を境にあの三島さんの言葉が耳の奥でわんわんと木霊《こだま》するのでした。

三島さんの死後しばらくは放心状態でした。そして「君の足は俺が治してやる」と予告した通り、四カ月振りに初めて靴を履いて歩いたのです。三島家に弔問するためにです。もし三島さんの死がなければぼくの足の回復はもっと先送りになったはずです。三島さんの死後一年ばかりは、何度も三島さんが切腹する夢を見ました。まるで三島さんの亡霊に取り憑かれているようで、家の本棚から三島本を一掃してしまったくらいです。そして三島さんに関する記事や文章や本からは意識的に離れるようにしました。極端な話、三島さん以外の小説家の本にも関心がなくなりました。

三島さんの死の三年前の一九六七年に、ぼくはニューヨークに四カ月近く滞在したことがあります。三島さんと知り合うと同時にこの頃最も人気のあった女性週刊誌『女性自身』に三島さんが「おわりの美学」という連載エッセイを執筆され、その挿絵の依頼を三島さん本人から受けました。そしてこの連載が好評だったために、次回作「手紙の書き方」の挿絵も続けて描くことになり、この三島さんとのコラボレーションを切っ掛けに、今まではアングラのイラストレーターとして見られていたぼくが、急にメジャー化してしまい、毎週のように何らかの形で『平凡パンチ』に登場させられましたが、この企画は当時の編集長の木滑さんの担当編集者への命令だったようです。またTBSの『ヤング720』というテレビ番組に毎週レギュラー・ゲストとして出演するようになりました。この頃はすでに寺山修司、土方巽、唐十郎らとポスターのコラボレーションを開始しており、マイナーなアングラ世界では知る人ぞ知る存在だったのが『平凡パンチ』に登場し『ヤング720』に出演するようになってからは他のメジャーなメディアからも注文が殺到して眠る時間もないほど忙しくなっていました。このままじゃつぶされると思ったぼくは急遽ニューヨークに脱出を図ったのです。

ニューヨークに着くと同時にぼくのポスターを集めていたポップアーティストのポスターを専門に扱っているギャラリーでの個展が偶然にも準備されていました。ぼくは自分が画家だと思っていなかったので、このポップアーティストが集結するギャラリーでアーティスト扱いを受けているのがどことなくこそばゆく感じていました。個展の結果はシルクスクリーンの全作品をMoMA（ニューヨーク近代美術館）がアンディ・ウォーホルの《マリリン・モンロー》の版画と同額の一枚を一〇〇ドルで買い上げてくれたのです。そのことと無関係ではなかったのですが、雲上の人とばかり思っていた、アンディ・ウォーホル、ジャスパー・ジョーンズ、ロバート・ラウシェンバーグ、トム・ウェッセルマンらのポップアーティストを知る切っ掛けになり、無意識の内に彼らの影響がぼくの作品や生き方に反映し始めていましたが、ぼくはあくまでもグラフィックデザインが本業だと思っていましたので、ポップアートとは一線を画していたのです。だけどインスピレーションの滋養は全てアートから受け入れたものでした。《アメリカン・ヌード》で一躍ポップアートのスターになっていたトム・ウェッセルマンはぼくの『横尾忠則遺作集』の中の赤い女シリーズの絵画に彼と共通のビジョンを発見したのか、この三〇〇〇円弱の安い画集と、彼の高価な版画を交換したいと言ってくれ、ニューヨークで自分の作品のような大きいキャンバスに描けばこのままアートになるとまで評価してくれたのですが、この時点ではまだ絵画に転向する時期がぼくの中では準備されていなかったのです。今になるとウェッセルマンのサジェスチョンに従ってニューヨークで、ポップアートの仲間になっていれば、また別の人生と運命が展開されたかも知れないと過去の夢に時々ノスタルジックになることもありますが、MoMAがぼくの全ポスターをコレクションした時点でぼくの個展が潜在的に準備されていて、その四年後に実現したことを思えば、その当時別に画家の道を選ぶ必要もなかったようにも思いました。

ニューヨークの四カ月近くの生活の習慣は毎日街を歩くことでした。一九六七年といえばビートルズが『サージェント・ペパーズ・ロンリー・ハーツ・クラブ・バンド』と『マジカル・ミステリー・ツアー』の二枚のLPアルバムを出した年で、ベトナム戦争の泥沼化、反戦運動の表面化、人種差別問題、失業問題とアメリカは頭の痛い問題を山積している一方で若者のカウンター・カルチャーの台頭がロック、サイケデリック、ドラッグ、新宗教、精神世界などにレボリューションを起こそうとしていたのです。そんな真っ只中に着地したぼくは予定のヨーロッパを含めて二〇日間の滞在が気がついたら四カ月近くニューヨークにいたことになるのです。日本でのメディアとのコラボレーションから逃避している間に、ニューヨークでロックとポップアートとニューエイジの洗礼を受けている間に、ぼく自身の中に新しい意識レボリューションが起きていたのです。

ニューヨークのデザイン界では知らない内にぼくの名前が知られており、デザイン界の巨匠ミルトン・グレイザーや、『ライフ』の表紙になったピーター・マックスらからコンタクトを取りたいとギャラリーに連絡があったり、同年輩の売れっ子のポール・デイビスらと会うのは時間の問題でした。またこの頃計画されていたMoMAでの「ワード&イメージ」のポスターのコンペにも指名され、ミルトン・グレイザー、ピーター・マックス、トミー・アンゲラーらのスタークラスの参加作品の中でぼくの作品が採用されるという栄誉にもあずかり、ニューヨークの生活は東京の生活とは全く違った形でぼくを刺激し、魅惑し、充足させてくれました。

そんなニューヨークで起ったぼくの意識革命は一言でいうとヒッピー思想でした。ヒッピー思想の根底にはドラッグカルチャーが見え隠れしていました。ドラッグによって修復された現実から分離したもうひとつの現実に新しい思考と意識の立脚点を得て、人間と宇宙の関係を結合させようとしているように見えました。従来のぼくの考え方の中に宇宙意識を持ち込むことなど想像だにできなかったことです。ニューヨーク滞在中にぼくはジョージ・アダムスキーの空飛ぶ円盤に同乗したという実見記を書いた本に出合いました。この本は地球外生命のヒューマノイドと遭遇し、空飛ぶ円盤に乗ったという人の円盤同乗記で、宇宙人から得たという宇宙意識を哲学的に語った本で、ヒッピーの間で、ヘルマン・ヘッセの『荒野の狼』や、呪術師カスタネダの本と共にまるでバイブルのように愛読されていました。マンハッタンの本屋に入ると精神世界のコーナーがあって、現在日本で売られているような神秘主義や心霊関係のものや、超自然的なテーマの本が溢れていましたが、まだ日本ではこの手の本は一冊も出版されていなかったように思います。

結局一九六七年にはニューヨークに四カ月近く滞在することになり、以後毎年のようにニューヨークに行くようになりました。ですが、一九六七年を頂点として、ニューヨークの活気も薄れ、ヒッピーカルチャーも衰退し、それに代って週末だけヒッピーになるウィークエンド・ヒッピーやイッピーらがヒッピーに代って台頭し始めましたが、ただの商業主義が蔓延しているだけです。ニューヨークに足繁く通っているかたわら国内では一柳慧と『オペラ横尾忠則を歌う』の三枚組のカラーLPレコードの制作と草月会館でのライブ・コンサートの開催や、大島渚監督の映画『新宿泥棒日記』への出演、大阪万博の「せんい館」のパビリオン建築の設計、パリ青年ビエンナーレ出品の版画制作など未知のメディアへの進出が集中した年でもありました。毎日が殺人的な忙しさでしたが、来るもの拒まずの姿勢だけは徹底してつらぬき通しました。読書はおろか、映画の撮影当日にあわてて、現場で台本を暗記するというような毎日で撮影は一カ月近く連日行われました。この頃三島由紀夫演出の新作歌舞伎『椿説弓張月』のポスターも制作しました。そして、日本中が金縛りになるようなあの衝撃的な恐ろしい三島事件が起こる一九七〇年が明けたのです。

9　地獄と天国のジェットコースター

三島由紀夫が自決した一九七〇年はぼくの人生にとっても大きい苦悩と激しい変化に見舞われた呪われた年でもありました。この年の正月の松の内が明けるか明けない内に、信号待ちをしていたぼくを乗せたタクシーが後から猛スピードで突進してきた乗用車に追突されて、ぼくはムチ打ち症になり、二カ月入院しましたが、その時のリハビリがたたって、さらに別の病院に二カ月再入院する羽目になりました。そこでこの事故を機に一年半近く休業することに決めました。同時にこれまでの作品をまとめた『横尾忠則全集』を講談社から出し（のちにアメリカでも出版）、銀座松屋で大展覧会を開くことにしました。この展覧会は松屋始まって以来の入場者記録を作りました。一週間（実質的に六日間）で七万人という驚異的な数です。この展覧会の開催期間中に三島さんが現れて、長時間ぼくがサイン会をしている隣りに席を陣取って、この大観衆を驚きの表情で眺めながら、自分もこんな展覧会をしたいと松屋に要望しましたが年内は予定がぎっしり詰まっていたために実現できず、三島さんは池袋の東武百貨店に話を持っていきました。そして自決の一カ月前に「三島由紀夫展　豊饒の海へ奔流する三島由紀夫の半生」と題する展覧会が開催されました。

ぼくはこの二年ほど前から大阪万博の「せんい館」のパビリオンの建築の制作に入っていたのですが、前述の交通事故の後遺症で足の動脈血栓が完治していなかったので万博のオープニングには出席することができませんでした。ここで少し「せんい館」のパビリオンの構造について記しておきます。万博にはたくさんの芸術家が参加しました。しかし創造哲学と反博という思想の間で大半の芸術家は揺らいでいました。ぼくも例外ではなかったのですが、政治的な思想によって創造精神を否定することはどうしても本能が許さなかったので、ぼくは万博の参加を決断しました。だけどどこかで反博精神を表現したいと欲求がありましたので、巨大パビリオンに組まれた足場をそのまま凍結することにしたのです。この発想は建築途上で思いついたものですから、「せんい館」の組織委員会と真っ向から対立しましたが、何とか説得しました。足場を残したままの完成は客観的には未完または破壊のイメージを与えます。だけどこの途中変更によってぼくの中の反博精神が少しは主張できたのではないかと思いました。

　もともとの建築のコンセプトは四次元だったのです。建物の上部に巨大な穴を開けて、そこから巨大な二本の指を入れて床面を摘んでそのままグイと引き上げて、頭頂部の穴の外に内部の一部を突出させるというこの発想はクラインの壺の原理で、表裏を一体化してしまうという建築の四次元化が主題です。こんな発想をしたのも、黒沼健の四次元本の影響だったかも知れません。

　足の容態は日に日に悪化する一方で病院も治療の方法が見つからず、完全にお手上げ状態でした。医師の最終結論は足の切断しかないというものでした。苦痛と恐怖のため眠れない夜が続き、体力も落ちる一方です。この間に三島さんが見舞いに来てくれ、写真集『男の死』の企画を提案されました。三島さんとぼくがそれぞれの死を演じ、二人の死を対ページに載せるというアイデアで、写真は篠山紀信が撮影することになっていました。そして三島さんはサッサと十数点の写真を撮りました。どの写真も凄惨な死の情景が写されていました。こんな三島さんの地獄的な写真に対してぼくは浄土的な写真で対抗しようと考えましたが、ぼくの病状が回復しないまま三島さんは一一月二五日に割腹自殺を図って鬼籍に入ってしまいました。取り残されたかたちになったぼくはこの写真集に参加することはできないと結論を出しました。

　計四カ月の入院の後、ぼくは高橋睦郎君の紹介の鍼灸医の先生の治療を自宅で受けることになりました。この出張治療は翌年まで続き、幸い足を切断することもなく、徐々に回復していきましたが、完全に痛みが取れるまでには二年間を要しました。ぼくの人生の中でこんなに苦しい時間を過ごしたのはこの時が初めてでした。丁度一〇年前の六〇年安保の時もタクシーのドアに指を挟まれ親指を骨折して一〇カ月近く創作を奪われたことがありましたが、再びタクシーにまつわる事故でまたしても苦渋の人生を味わわされました。全く何が因果か知りませんが自分の運命を呪うしかありませんでした。ぼくの生き方に何か大きい間違いがあるのではないかと病床で考えさせられる毎日でした。肉体の苦痛はそのまま精神の苦悩を引き起こします。そんな苦境から何とか救われる方法はないかと思い、新聞広告で見た中村元訳の『阿含経』というブッダの言葉を集めた仏教書を手に入れました。事故に遭遇する前の三年間はニューヨークでのヒッピーカルチャーの影響で精神世界的な方向に興味が動いていましたが、まだ日本では精神世界に関する本の出版は皆無だったので、先ず仏教書を読むことから始めました。生まれて初めて手にした仏教書はぼくの今までの価値観に疑問を投げかけてくると同時に眼を開かされる言葉が並んでおり、従来の外部に向かっていた視線が内部に注がれていくのを感じずにはおれませんでした。見たくない、触れたくない自分に無理矢理対峙させられることの不思議な快感と、悔恨の情が入り混じりながら、自らの生の懐郷を訪ねていくような気分にさせられていくのでした。それがどういう訳か他のどんな書物よりも面白く読めるのでした。この本に類した数冊の仏教書も読んだような気がしますが今ではそれがどんな本であったかという記憶は薄れてしまっています。闘病生活が結構長引いたことで、少しは本を読むことに関心が向いてきましたが、集中力が欠けていたので、どの本とも一時間以上つき合うのは苦痛でした。仏教書のあと旧約聖書や古事記などのユートピックな神話性に惹かれましたが、肉体の苦痛からくるしばしの逃避だったかも知れません。少なくとも教養や知識の対象として読んだわけではないので、精神の回癒の補助的な役割りを担ってくれればと念じながら身近につき従わせていました。それも足の回復と共に次第にぼくから離れていきました。

仕事はほぼ休業状態でしたが、ある日『週刊少年マガジン』の名物編集長と呼ばれていた内田勝さんが「表紙絵で『マガジン』の一〇〇万部突破を計りたいので、ぜひ横尾さんに」と、とんでもない無理難題を突きつけてきました。休業宣言をした以上デザインの仕事には全く興味が持てませんでしたが、内田さんの子供じみた要望が面白いので、マンガ雑誌ならそれほど目立たないだろうと思って引き受けました。そうすると二冊目でそれまで八〇万部だったのがいきなり一〇〇万部を突破したので、あとは好き勝手にやってもいいと思い、自由に、遊び、暴れまくるだけでした。雑誌の売上げは伸びる一方ですが、ぼくのデザイン料は驚くほど安いので、「いくらとはいわないけれどもう少し上げてもらえないか」と要求した途端、降ろされてしまいました。この仕事には全く未練がなかったので逆にまた静かな生活に戻れたことを喜びましたが、ぼくが辞めた途端再び売れ行きが落ちたのか、二、三カ月して、デザイン料を上げるという条件で再依頼を受けましたが、ぼくの創作意欲はすでに失われていました。今日ではあの九冊の『週刊少年マガジン』は古書店ではとんでもない高価で取引きをされ、幻の『週刊少年マガジン』となっているようです。

体調が戻ったあと、しばらく旅行がしたくなって、ニューヨークやロンドン、それからタヒチなどに出掛けましたが、旅行の下手なぼくはどこに行ってもすぐ帰りたくなってしまうのです。旅行には本は必須かも知れませんが、何を読んでいいのかわからず、二、三冊持参しても結局一冊も読まないことが多かったように思います。それにしても三島さんのいない世界はどことなく心の中にポッカリと空洞ができたようで、三島さんの魂に思念を送り心の中で三島さんの言った「心の奥底から奥底への陰湿な通路を通った、交霊術的交流」の回路を探る日々が続きました。そしてこの頃から死者と交信したエマヌエル・スウェーデンボルグや、出口王仁三郎などの心霊書物を読むようになっていました。

三島さんは秘密にしていたと思いますが、生前からスウェーデンボルグや出口王仁三郎、中山みき、ルドルフ・シュタイナー、それからジョージ・アダムスキーの空飛ぶ円盤同乗記や地球空洞説やシャンバラ伝説などの本を、これはあくまでもぼくの推測ですが、こっそり読んでいたに違いないと思っていました。「二十世紀のもっとも先端的な通信手段である（中略）心霊術に基づいて（中略）英雄は、正にこのやうな交霊によつて喚起され、土俗の中から、土でつくられた巨人ゴーレムのように立上がらなければならない」（「ポップコーンの心霊術」）と語る三島さんは自らをゴーレムと重ね合わせてわれわれの夢枕にその姿を現すことを予言して死んでいったようにも思えるのです。だから呼べば応えるような気がしていました。

この頃からぼくは宇宙への憧れが次第に強くなってきました。かつて三島さんが空飛ぶ円盤の研究団体CBAと接触しながら円盤観測に参加していたことを知りました。確か星新一も同行者の一人だったように思います。それまでのぼくはSFや宇宙科学には全く興味がありませんでしたが、三島さんが亡くなった次の年から夢の中に空飛ぶ円盤が頻繁に現れるようになりました。まだメディアも一般的には空飛ぶ円盤には無関心な時代でUFOという言葉もなかった頃です。ぼくにとっての空飛ぶ円盤は未来的なものではなく、むしろぼくの過去と結びつく郷愁のような感情を掻き立ててくれる存在のように思いました。夢の中に空飛ぶ円盤が飛来し始めると同時に、日常的な夢は後退して非現実的な超常現象や神仏が顕現するような神秘的な夢ばかり見るようになりました。ぼくにとっての昼間の現実に対して夢を媒介とする夜の現実が非常にくっきりと顕在化し始め、この相対する二つの領域をまたいで生きているような感覚に襲われていました。

さて、現実に目を向けたいと思います。一九七〇年の交通事故が引き起こした動脈血栓の危機を東洋医学によって奇跡的に乗り越えることができたぼくは、本当の意味で再生を迎えたことを実感しました。神戸新聞社に入社するまでの一〇代は、小学二年生の時に大怪我で学校を長期欠席したことを除けば、まるでぼくの意志と無関係に全てのことが絵に描いたように何の問題もなく進行しましたが、一九六〇年に初めて発揮した自我の反動か、次々と災難に見舞われ始めました。一方この災難と比例するように仕事の面では次々と幸運に恵まれたのですが、まるで地獄と天国を回遊するジェットコースターに乗っているようでもあり、運命に弄ばれているような体験の連続でした。読書に興味のないぼくにはこのように肉体を通して読書に代る思想や哲学をぼくの魂が教育してくれたのかも知れません。このように次々と身辺に起こる理不尽な出来事を「他力本願」と自らを揶揄して呼んでいました。自分の意志や理性ではコントロール不可能な領域に運ばれていく運転手のいない暴走列車のように思えていました。一般的教養とか知識のない人間はこのような試練でしか導くことができないという魂の戦略だったのかも知れません。

この前の年（一九六九年）に「パリ青年ビエンナーレ」のコミッショナーの美術評論

家の東野芳明が「このところ日本は海外の賞に見放されているので、ひとつ賞を獲ってもらいたいんだ」と版画では素人のぼくを起用したのを切っ掛けに生まれて初めての版画作品を制作しました。この東野さんの無責任さに対してぼくも無責任で「ぼくのポスターから文字をはがしたようなものを作れということですよね」と言って、ぼくは版画の版のプロセスをコンセプトにした三枚平置の《責場》と題する作品を出品しました。それが東野さんの希望通りグランプリを獲得したのです。そしてその副賞として二カ月間のパリ滞在のおまけがつき、知人の一人もいないパリに出掛けました。まるで島流しに遭ったような孤独な生活が待っているはずが、宿泊ホテルがモンマルトルの丘のピカソ達がアトリエを構えていた「洗濯船」という建物の一部だったので嬉しくなりました。まあそんなことは別として、ふとした切っ掛けでホテルの近くに住んでいた竹本忠雄というアンドレ・マルローと親交の深かった文芸評論家と懇意になり、度々竹本さんの家に招かれるようになりました。その竹本さんは現在帰国され、筑波大学の名誉教授として、最近『秘伝ノストラダムス・コード』という大著を出版されましたが、竹本さんのパリの家を訪ねる度に神秘主義的な話を聞かされ、セルジュ・ユタンの講演会や、ピエール・ド・マンディアルグの家を訪ね、画家でシュルレアリストの夫人ボナにも会わせられたり、ぼくがファンだと言ったアラン・ロブ＝グリエとコンタクトを取れた時には通訳もお願いしました。ロブ＝グリエはぼくの「パリ青年ビエンナーレ」に出品した《責場》の版画を高く評価してくれて、二人で共著を出す話まで発展し、彼が関係しているミニュイという出版社の社長も立ち会って三者で出版契約のサインまでしたのですが、彼の本を出版していた日本の出版社二社ともこの出版計画に賛同してくれなかったために陽の目を見ないままで終ってしまいました。

一方マンディアルグは立派な薔薇の画集を出版していました。その中にぼくが描いた三島由紀夫の裸体に薔薇が刺さった絵が大きく掲載されていたのです。この本はぼくが帰国後手に入れたもので、パリで彼に会った時に、この絵の作者がぼくであるということをもし彼が知っていたら、またもう少し深度のある交流が果たせたかも知れませんでした。だけど、夫人のボナは彼女の昔の恋人のメキシコ画家にぼくが似ているというので、パリでも特別の時間を持ち、その後夫妻で来日した時にも再会しました。しかしパリで彼女に会った時のぼくは髪の毛が肩まであり、髭を伸ばして、彼女の恋人そっくりだったのが、髪も短く、髭も失くなっていたのでちょっとガッカリさせたようです。とにかく竹本さんを通してパリの生活は淋しいものではなく逆に華やかな充実した悠久の時間を送ることができました。パリでの二カ月はあり余るほど読書の時間があったにも拘わらず一冊の本も読まない読書とは無縁の美術館や画廊巡りの生活を送りました。読書家にとってはこれ以上のチャンスはないと思うのですが、そういう意味ではぼくはその時間を無駄に送ったかも知れません。しかしこの無駄な何もしていないかのような無為な時間こそぼくにとっては最も充実した創造的な時間だったのです。

二カ月のパリ滞在も残り数日となったある日、MoMAより電報があり、ぼくの個展が決定したので、すぐニューヨークに来れないかと言ってきました。MoMAでぼくの個展が準備されつつあることは薄々と感じていましたが、ぼくは当てにしていなかったのでこの朗報には相当興奮したのを覚えています。ロンドンに行ってロンドンファッションをしこたま買って、それでバシッと決めてニューヨークに乗り込むのがその時のぼくのダンディズムでした。ニューヨークに着くなり、ジャスパー・ジョーンズからハロウィンのパーティの招待を受けました。

「君に紹介したい人物がいるからね」と電話で聞いていたのですが、それがジョン・レノンとオノ・ヨーコだったのです。二人に会った翌日ヨーコさんから電話があって、「家に遊びに来ない？」と呼ばれ、その次の日にはジョンとヨーコさんの誘いでデイビッド・フロスト・ショーのテレビ番組にゲスト出演することになって、ぼくはステージから客席に紙飛行機を飛ばすパフォーマンスを行いました。この時、「シカゴ7《セブン》」のリーダーのジェリー・ルービンも一緒でした。この年は何やかやと色々あってまるで祝祭的な一年でした。

ＭｏＭＡの個展のオープニングには欠席しました。その理由は明確ではないのですが、オープニングの華やかさに対してぼくの気持が対応できないような気がして、なんとなく怖じ気づいていたのです。この個展はピカソとマチスの二人の個展と開催日が同じだったことが観客動員につながって、ぼくにとってはラッキーというしかありませんでした。二カ月の展覧会が終ったあと、一カ月休んで再びアンコール展が開催されましたが、この時に合わせてぼくはニューヨークに行きました。現存のデザイナーのＭｏＭＡでの個展は世界で初めてだと言われても、ファインアートに対するコンプレックスがあったぼくは、ＭｏＭＡの個展が成功したとしてもグラフィックをアートと比較して下位に位置づけていたので、いつも胸が張れず、気持は前かがみでした。

七〇年代のぼくは何を考えていたのだろうかと時々考えることがあります。この時代のぼくの作品の大半がポスターと版画と本の装幀だったと思います。六〇年代の演劇関係の仕事からは完全に離れ、寺山修司や唐十郎、土方巽らとの交流もなく、もっぱら独りで思索することが多く、仕事の依頼も宗教的なものや、ロックや時には精神世界的なテーマのものが多くなってきました。この頃、『芸術生活』という雑誌で二年間に亘って日本各地を車で廻っては日本の風景を描くという仕事がありました。六六年に南天子画廊で発表した赤い女のシリーズ以後久し振りの絵画制作ですが、絵画に対するぼくの意識があいまいだったために、実に中途半端な作品で、絵画というよりはイラストレーションに近く、今から思えばもっとしっかりした日本の原風景を絵画作品として残しておくべきだったと後悔しています。この日本一周旅行と平行してぼくは柴田錬三郎の連載時代小説「うろつき夜太」（『週刊プレイボーイ』）の挿絵とレイアウトを柴錬さんと高輪プリンスホテルに一年間カンヅメになって制作しました。朝食から夕食までほとんど柴錬さんと時間を共有し、柴錬さんの六〇年近い波乱に満ちた人生の全貌を聞き出すことに成功しました。寡黙な作家として通っている柴錬さんの重い口を開かせたのは、きっとぼくの好奇心がそうさせたのかも知れません。祖父に育てられた幼年時代、戦争体験、作家志望と作家になってからの時代、文壇の交遊関係、女やバクチの話、ゴルフの話、中国の歴史と文学などなど今から想えばテープで記録しておけばよかったと思われるような貴重な内容ばかりです。こんな柴錬さんとの蜜月期間にも拘わらず柴錬さんの本は一冊も読んでいませんでした。三島さんに言わせれば、礼儀礼節のない奴ということになるでしょうか。三島さんの場合もそうですが作家自身を身近に感じるとどういうわけかその小説から離れていくのです。その肉体的存在そのものが文学になり代ってしまい、本が不必要になるのかも知れません。

剣豪眠狂四郎の作者柴田錬三郎はいつもカバンの中にスプーン曲げの少年に曲げら

れたというカレーライス用の大きいスプーンを入れて持ち歩いていました。柴錬さんの師匠でもある今東光は「作家で超常現象を疑う奴はダメだ、作家である以上魔界を信じる者でなければいけない」と口癖のように言っていました。今さんは川端康成と親しかったので、川端さんがよく言っていた「仏界入り易く、魔界入り難し」という一休和尚の言葉の受け売りだったと思います。ぼくも今さんと何度か会ったことがありますが、今さんも魔界の住人の一人であったような気がします。柴錬さんからは旅館で女の幽霊に襲われた話を聞かされたこともあり、柴錬さんも魔界に魅入られていた人でありました。三島さんも川端康成やドナルド・キーンとの往復書簡の中で「魅死魔幽鬼夫」と署名しているくらいだから、よほどこの世界が好きだったように思えます。魔界はどこか土着的な匂いを残しています。三島さんは「土着を書かないことで土着を否定している」とぼくに語りましたが、三島さんの前近代的な感覚は三島文学の中でいくら隠蔽しても沼の底から湧き上る泡のようにポツポツと頭を覗かせているように思うのです。土着を否定しながらも三島さんは日本的霊性を内に秘め、森鷗外、上田秋成、泉鏡花、谷崎潤一郎、内田百閒、川端康成を敬愛し、愛慕してやまぬ作家でもありました。

10　インドからの呼び声

ビートルズがインドのマラケシュに行ってマハリシ・マヘーシュ・ヨーギーだったかスワミ・サッチダーナンダだったかに会ったという想定外のニュースが伝わってきた時、ぼくはビートルスから引き離されたような気分になりました。ビートルズが単にロックミュージシャンではなくインド哲学の徒に変身したのかと早合点したぼくは、強い衝撃を受け、これは大変なことになったと思ったのです。というのもビートルズの動向に焦点さえ合わせていれば新聞やテレビなどを見なくても時代精神（ツァイトガイスト）が摑めると思っていたからです。何しろビートルズはぼくにとっては人生の指針的存在だったのです。彼等がインドに行くとなったら、それなりにインドを視野に入れなければとってもビートルズに付いていけないと思ったのです。

死の三日前の電話で三島さんは「君もそろそろインドに行く時期が来た」と言いました。この言葉の深い意味はその時は理解できませんでしたが、『新輯薔薇刑』の装本の中にヒンズーの神々を描いた事が三島さんにそう思わせたのかも知れません。その言葉の裏にはインドでカルマを落とすための兆候がぼくの絵に表れているとでも思ったのでしょうか。とはいうものの一方で三島さんはぼくを脅しもしました。

「インドは君が思っているような孔雀がいる花園のような所じゃないよ。その辺に死体がウヨウヨ蠢《うごめ》いていて、きっと君は気絶するぞ、ウワッハッハッハッ」。どうしてそんな恐ろしい所に行ってもいい時期だ、なんて言うのだろうとぼくは怪訝《けげん》に思いました。ビートルズと三島さんのインドがぼくの中で交差しながら次第にインドのイメージが造型され始めました。ぼくが手始めに読んだ本は『バガヴァッド・ギーター』『ラーマーヤナ』『ヴェーダ』『ウパニシャッド』などの古典ですが、どの本もサワリに触れた程度で完読したのは一冊もなかったように思います。一九六七年に初めてニューヨークに行った時、クリシュナ寺院に帰依している白人の若者の宣教師達が、黄色の法衣を着て、スキンヘッドの天辺の毛だけを長く伸ばして、鐘や太鼓を鳴らして踊りながら街をねり歩いている光景はヒッピームーブメントの象徴的な風景としてぼくの中に強い印象を残しました。インドがアメリカの若者文化の中で占める思想の重要性は薄々と感じていたので、インドに対する抵抗感はそんなにありませんでした。

ジョージ・ハリスンはロンドンのクリシュナ寺院で信者達とセッションを行い、『ラーダ・クリシュナ・テンプル』というアルバムを制作し、その中で「ゴービンダ」や「ハリ・クリシュナ・マントラ」を甘く切なく歌っていますが、この曲に導かれてぼくは、このアルバムの舞台となったロンドンのクリシュナ寺院にも行き、ぼくは本気でこの宗教に帰依したいと思ったくらいですが、今思うと、多分に音楽の魅力と宣教師のファッションに魅惑されたものでどこまで本気だったかどうか怪しいものでした。

先に挙げたインドの本は神話や教典で、現代のインド社会を知るための本ではなかったのですが、入院中から読みだした宗教書の影響で、これらの本がとっつきにくいとも思わず、手元にあるだけで、インドの精神の深奥に触れているという幻想に自己満足をしていました。

ぼくの七〇年代は一口に言えば精神世界のボヘミアンを気取っていたに過ぎません。結局インドには七回行きましたが、行けば行くほど自分の謎が深まる一方でした。インドという国の抱えている神秘や不可視な謎と同様、自分の中にも同じ問題が存在しているような気になるのです。このことによってインドと一体化しているような幻想に酔いながら、どこかで現実認識ができなくなっていく不安感に襲われることもありました。インドが文明からの逃避になり、個としての自分が次第に肥大化していくように思い、このことが正しいのか、正しくないのかの理性的判断も曖昧になってしまうのです。この頃のぼくのポスターにもインド的なビジョンやシンボルがよく描かれています。このことはぼくの生き方の反映でもあります。クライアントのあるデザインにデザイナーの個人的人生観を反映させるというのはルール違反かも知れませんが、そんなぼくのデザインを「私デザイン」と呼ぶ評者もいました。確かにモダニズムデザインに私性という個を持ち込むことは「反デザイン」行為だったのかも知れませんが、創造は「私」からしか出発できないと信じており、ぼくはすでにデザインから美術の領域に創造の座標軸を移してしまっていたようです。「個的な人間こそが一切の道徳の源泉なのであり、地上生活の中心点なのである。国家も社会も、個人生活の必然の結果としてのみ存在する」(『自由の哲学』、高橋巖訳、ちくま学芸文庫)と言うシュタイナーのような発想がすでにぼくのDNAの中に内蔵されているとさえ信じていました。だから八〇年代になってぼくは創造の座標軸を画家に移行することになりますが、もともとデザイナーとしての資質は希薄だったようです。

ぼくの中にインドをどう取り込むか、あるいはインドの中にぼくをどう位置づけるかという迷いに似た長い時期の中で、インドを源流とする禅の実践に関心が動き始めていました。インドの「心」をインドの旅に求めていましたが、肉体的により確かな実感が必要だったので、メディテーションやハタヨガなどを習ったりもしましたが、どうも日本の風土がこれらの行《ぎょう》を拒絶するように思いました。そこでぼくが出合ったのが日本の禅です。アメリカの知識人はぼくにしばしば禅の思想をふっかけてくるのですが、ぼくは禅に関してチンプンカンプン無知です。彼等は必ずしも禅の実践者ではなく、観念的に禅に興味を持っていました。彼等と対等に禅を話題にできない自分が日本人でありながら、恥ずかしいやら情けないやらくやしいやらで、ひとつ禅を実践してみようという気になったのです。そして一年間、曹洞宗、臨済宗の両宗派をかけもちで禅寺に参禅することにしました。

「何しに来られたのじゃ？」

ある老僧はぼくに尋ねました。何と答えていいのか一瞬躊躇したあと、思い切って言いました。

「悟りに来ました」

「ハッハッハッハ、あなたはすでに悟っておられる。その上にさらに悟りたいのですか。人間は生まれながらに悟った存在なんです」

と言ってぼくの顔の前で、パチンと両手を打ちました。

「これは何ですか？　あなたはこのパチンという音を聞こうとなされたのですか？」

「いいえ、勝手に聞こえました」

「そうでしょう、あなたは聞こうとして聞いたのではなく、勝手に聞こえたのでしょう？　これが禅です」

何がなんだかさっぱり解りません。狐につままれたみたいでした。

「あれこれ考えなさるから、分別臭くなるのです。「只管打坐《しかんたざ》」、黙って坐ってみて下さい」

これは本を読んで解るものではないと思いました。大変な世界に足を踏み入れたと思いましたが、こうしてぼくにとっての未知の精神の冒険旅行が始まりました。あの頃は何も解らなかったけれど、解る必要もなかったと思います。頭から考えるということが消えていき、ただただ足が痛い、寒い、腹がへった、眠い、という肉体の悲鳴と対峙する毎日です。いちいち心と対峙していると頭がおかしくなります。何も考えない、考えられないことが如何に楽かということを実感させてくれるのです。このまま続けるときっとアホになってしまうとも思いました。

ぼくの母方の宗派は黒住教《くろずみ》です。この神道の教義は「ただアホになるだけ」というものです。教祖の黒住宗忠神は「自分はアホになる修行を一生続けている」とも言っています。アホになることほど難しいテーマはなさそうです。チベットのラマ教の寺には始終ニタニタした寒山拾得《かんざんじっとく》のような者を住まわせていますが、彼は修行者のための見本らしいのです。だけど参禅くらいでそう簡単にアホになれるならこれほど嬉しいことはないですが、大方の人間は真のアホの境地も知らないまま死んでいくのでしよう。悟りは知識や教養を得てカシコイ人間になるのではなく、愚者になることだったんですね。まあ参禅の一年間は心と肉体が乖離していく一年間でした。だから苦しかったのです。だけど三十数年前には気づかなかったのですが、禅の中にちゃんと芸術の真髄があったのです。「私」を放下《ほうげ》することは創造の究極と言えるかも知れません。だけれど芸術家はわざわざ禅の修行をしなくても日々の創造の中に禅の心は横たわっています。ぼくが参禅中ただひとつ教わったのは「事実を事実として見る」ということでした。分別があると事実は見えません。その分別をどけると事実が見えるというのです。この簡単な教えを、毎日の坐禅や作務《さむ》を通してこれでもか、これでもかと学ばされました。特に老師や雲水が手とり足とりして教えてくれるわけではありません。全て自問自答の中から学んでいくしかないのです。それにしても、こんなにつらい修行を自分で買って出たのはどうしてなのかよくわかりません。インド旅行だって、かなりハードな毎日の連続です。何度行っても下痢をして高熱で倒れることをわかっていても止められないのですから、何か別の力が後から押していたとしかいいようがないのです。禅やインドについての本は書きましたが、どういう訳か他人の書いた本には一切興味がありませんでした。やはり人の体験ではなく自分の肉体を通して初めて自分の心の中に自分だけに通じる言葉を宿す必要があったのです。インドに行った時もすでに読んだことのあるヘッセの『シッダルタ』を持って行きましたが、禅寺では本を読む時間など一切ありません。坐禅はむしろ観念を否定するところにあるように思いました。ところがアメリカ人はどうしても禅を観念で捉えたがるのです。ローレンス・シャインバーグというアメリカの作家が書いた『矛盾だらけの禅』という本では、やはり禅を観念的なものとして理解しており、彼の師から「作家をやめろ」と何度も忠告されながら捨てられないと悩みます。禅をやる以上プロフェッショナルでなければならないところがあります。そこを老師は戒めるのですがインテリの彼にはどうしても理解できないで、壁にぶつかったままです。もしかしたら彼は禅を手放した瞬間に禅と同一化できるかも知れません。ぼくの参禅記は真面目と不真面目がジグソーパズルのように入り組んでいますが、『我が坐禅修行記』という大袈裟なタイトルで本を書きました。すでに三三年前の事です。その本が今度再文庫化（『坐禅は心の安楽死』と改題。平凡社ライブラリー）されて出ることになりました。まだ読み直していないのですが、今読んでみるとぼく自身どんな感想を抱くんでしょうか。坐禅の本は書きましたが道元の本も読んだことがありません。禅は日々の生活の中で実践するもので「考え」がかえって邪魔すると言います。

七〇年代のぼくの読書は精神世界的なものが中心だったと思います。特に中央アジアの伝説にもなっており、ヨーガの根本原理でもあるシャンバラに強烈な磁力で引っ張られました。そして〈シャンバラ〉と題する一〇点シリーズのシルクスクリーンによる版画を制作しました。

ぼくの七〇年代はデザインの仕事を続けながら、《責場》を始め、《性風景》、アクリルフィルムを重ねたシリーズ、《葬列》というアクリル板を重ねた立体版画、そして〈シャンバラ〉とかなり勢力的に版画を制作した時期でもありました。これらの版画作品はデザインというより美術作品として評価されるもので、そのほぼ全作品が美術館にコレクションされています。一方で版画家としてのポジションを確立しているにも拘わらず、それほど情熱的になれない部分がありました。それが何なのかはなかなか自分では解明できないでいました。ジャスパー・ジョーンズ、ラウシェンバーグ、アンディ・ウォーホル、フランク・ステラ、トム・ウェッセルマン、リヒテンシュタインらのアーティストは多くの版画を手がけています。ぼくがもうひとつ夢中になれない理由は、自分がアーティストではなく、デザイナーであるということと大きく関係していたように思うのです。現代美術のアーティストの版画は大抵が絵画作品を源泉にしています。そのことが絵画と版画の関係をより密接に結びつけているように思いますが、デザインはすでにそれ自体が商業目的を達成しているので、わざわざ版画にする意味も必然性もないのです。

当時も来るもの拒まずという姿勢は一貫していたので、全ての依頼に応じました。テレビを始め映画も『新宿泥棒日記』以外に大映の『新宿番外地』や、テレビドラマ二本にもレギュラー出演したり、流行歌のレコーディングの話や作詞の依頼が来たら、おかまいなく引き受けていました。引き受けないメディアはないほどで完全に忙殺状態でした。この頃ぼくは事務所を平河町に持っていました。事務所は『ぴあ』の表紙を描いていたイラストレーターの及川正通との共同出資で「ジ・エンドスタジオ」と名乗っていました。及川君は音楽が得意でフォークロックのような歌を歌って、それをLP化したりしていました。そのアルバムの代表曲をぼくが作詞したり、もう虚実の境界を超えたレベルでの生活が続いていました。交友関係はジャンルを問わずどんどん拡張する一方です。そして仕事と遊びの分離はほとんど不可能な状態がいつ果てるともなく続いていました。だから読書生活は最初から返上されたままで、本の装幀は引っ切りなしに依頼されていましたが、どの本も一度も読まないまま装幀していました。編集者にストーリーや内容を語ってもらい、それをヒントに装幀をしていました。半村良の『妖星伝』と高橋睦郎の『地獄を読む』の装幀で講談社出版文化賞、草森紳一の『江戸のデザイン』で東京アートディレクターズクラブ最高賞などを受賞しましたが、どの本も読むことはありませんでした。読みもしないのに「内容を適確に表現している」という寸評をもらったのには笑ってしまいます。

この頃海外からのデザインや出版の依頼もあり、相変らず旅行は続きました。そんな中で特に記憶に残っているのは家族四人で夏休みを利用してバークレイに一カ月滞在したことです。サンフランシスコのテレビ局が日本映画を連続的に放映するという番組のためのタイトルバックのデザインを依頼してきました。そこで絵の資料のために「用心棒」風の三船敏郎に特別出演して貰ったりしました。バークレイにエレベーター付きの一一部屋もあるという一軒家を借りて、そこに住むことになったのです。部屋が多いので日本から訪ねて来た来客の誰かがいつも泊っていました。ぼくの仕事場はバークレイのカリフォルニア大学内にありましたが、仕事をするより日本映画ばかり観ていたように思います。街に出るとまるでそこは六〇年代です。時代遅れの老ヒッピーで通りは溢れていました。ぼくのヒッピー時代はすでにニューヨークで卒業していましたので、バークレイは地上の取り残された楽園のようにぼくの目には映りました。

このバークレイでの家族生活は正に、"Be here now" の実感でした。"Be here now" という言葉はこの頃出版されたアメリカのニューエイジ・ムーブメントのリーダーの一人ラム・ダスが書いた本の題名で、ぼくはこの言葉をバークレイで知った瞬間、人生の叡智を探る根本原理が「これだ」と直観したのです。それ以来ぼくは "Be here now" を生きるための処世態度にしてきました。「今ここに」はブッダも〈相応部経典〉の中で語っており、またゲーテは「常に現在密着していること」と語り、ニーチェも「瞬間を全身で楽しむ」と言い、唯識でも「今ここに唯生きる」と述べられていて、「今ここに」はぼくの創造行為の核となっていました。

先にも書いたと思いますが七〇年代の一〇年間は旅から旅への生活でした。パリとニューヨーク以外にもワルシャワやスペインにも一カ月近くの旅をしました。スペインのポルトリガトではサルバドール・ダリと夫人のガラに会い、四時間近く彼等の家に滞在したのもいい思い出です。また、阿久悠や池田満寿夫や平岡正明ら数人とサモア、タヒチ、イースター島に長期の旅をしたのも記憶に残っていますが、このメンバーの内の何人かはすでに黄泉に旅立ってしまいました。それと何といっても七回のインド旅行です。三島さんが「インドに行ける者と、まだその時期が来ていない者に分かれる」と言いましたが、ぼくは意識的にその時期を自分のところに引き寄せて行きました。インドはぼくの作品と一体化して沢山のインド的イメージのデザイン作品を描きました。インド旅行はぼくの七〇年代の総括だったように思います。そしてぼくのインド旅行も精神世界ともおさらばです。そしてぼくの第二の人生の幕開けというべき八〇年代に突入することになります。

11　小説と画家宣言

生まれてこのかた両手で数えられるほどしか小説を読んだことのないぼくにある日、井上光晴という人から電話がかかってきました。

「私、井上光晴という文学をやっている者です。あなたのお母さんについて書いたエッセイを読んだんですが、あなたひとつ小説を書いてみませんか。男は一生の内に一本くらい小説を書くべきですよ」

井上光晴という名は聞いたことがあるけれどどんな小説を書く作家なのか知りません。それにしても唐突且つ乱暴な依頼の仕方です。なんでも今度、小田実、鶴見俊輔、いいだももらと共同編集で『辺境』という文芸誌を出すから、その二号に小説を書けとおっしゃるのです。まともに文章を書いたこともない素人のぼくに左翼思想のお歴々が何を血迷って小説を書かせようとしているのでしょう。ぼくはこの井上光晴と名乗る人物はニセ物ではないかと思ったほどです。ぼくが必死に断れば断るほど相手は食いついて離れないヒルのような執拗さで食いついてくるのです。

「母のことは書いたので同じことは書けません」

「じゃお父さんのことでいいじゃないですか」

もう支離滅裂です。

「とにかく小説は書いたことがないのでお断りします」

「書いたことがないから頼んでいるんです。こんな感じの小説なら書けるでしょう。「山と山が連っていて、どこまでも山ばかりである。この信州の山々の間にある村――向う村のはずれにおりんの家はあった。家の前に大きい欅の根の切株があって、切口が板のように平たいので子供達や通る人達が腰をかけては重宝がっていた。……」。こんなんでいいんです」

ずっとあとで判りましたが、この下りは深沢七郎の『楢山節考』の冒頭の部分でした。それにしても他人の文章をよくもこれだけ長々と見事に暗記したものです。さすが本物の小説家だと感心したものです。

とにかく引き受けないと電話を切ってもらえないので、書く気もなかったのですが、とりあえず、この場から逃れるために「考えてみます」と言って電話を切りました。気が弱いぼくは相手に期待を持たせるようなことを言ってしまったことを後悔しました。三島さんも強引なところがありましたが、井上さんの強引さはまるで強姦です。その後一度催促の電話がありました。枚数はなんと一〇〇枚です。三枚以上の文章を書いたことのないぼくに三〇倍以上の原稿の依頼です。井上さんが父でいいと言われたので父の訃報を受け取った瞬間から郷里に帰るまでの列車の中の様子と父の回想場面を交差させながら書きました。妻が清書した一〇〇枚弱の原稿用紙を郵送し、やっと肩の荷が下りました。井上さんからは受け取ったという連絡もなく一カ月近くが過ぎた時、突然ゲラが送られてきました。まさかこのまま活字にするつもりは井上さんにもないでしょう。文学講座のようなことをやっておられる井上さんは文章には特に厳しく、うるさい方のはずです。だからこのゲラにびっしり添削が入ることだろうと思って、怖々電話をしました。すると、

「こんな文章のどこを直せというんですか。直しようがないじゃないですか」

と剣もほろろです。この言葉を聞いたぼくは不採用になったと思い、逆にホッとして胸を撫で下しました。それから間もなく、井上さんがつけたという「長い長い順番」と題するぼくの小説が『辺境』に掲載されました。まるで綴り方です。この小説に対する批判はぼくにくるのではなく井上さん始め編集委員の人達に矛先が向くに違いないと思い、内心ぼくの責任ではないと思うようにしました。それでもこんなド素

人の綴り方に対して新聞の文芸欄に「長い長い順番」が秋山駿によって取り上げられ、井上さんに対しては少しは顔が立ったかなという気持でした。ちょっと参考までに秋山さんの批評の全文を再録させていただきます。

「デザイナーの横尾忠則氏が『長い長い順番』（辺境）という小説を書いたので読んでみた。この才気煥発の人間が、文学に顔を出したら、そこに意外に尋常な父の死をめぐる私小説的世界があらわれた。ことばが古くて堅固な世界であることがわかって面白い。人の死に触れる感触を確かめる、くねくねと曲がりくねったことばに変なリアリティーがある」

この小説を書いて数カ月経った頃、再び井上さんから第二作目の依頼がありました。一作目と同様二作目の題名も井上さんによって「光る女」とつけてもらいました。小説もリアリティを出すために如何にも私小説風に書きましたが、大半が作り話で主人公の女は宇宙人だったという話です。その後井上さんの計らいでこの本の出版のためにわざわざ「水兵社」という出版社を起こし、そこから単行本として出版していただきました。その帯には「私が横尾忠則に小説を書かしたことだけは自慢できる」と書いてありました。あとでわかった話ですがぼくに小説を書くように勧めたのは瀬戸内寂聴さんだったそうです。そういえばぼくが瀬戸内さんに母の死について語った時、瀬戸内さんは小説になるわよと言われたのを思い出しました。その話を彼女が井上さんにしたに違いありません。

瀬戸内さんを知ったのはサントリーの新聞一頁広告での対談でした。他にも遠藤周作さんや五木寛之さん、小松左京さん、その他大勢の作家を知りましたが、瀬戸内さんや柴田錬三郎さん、深沢七郎さん、そして三島由紀夫さんらのように終生交友する作家は数人に限られていました。作家との交流を続けながら多くの俳優や音楽家とも知り合いになりました。このような他のジャンルとの交流を通してぼくのグラフィックの作品の領域は拡大し、同時にインスピレーションも受けました。考えてみれば読書からの影響は微々たるものですが、それに代って多くの人達から受けた影響は計り知れないものがあります。ぼくにとっては人との交流と旅は万巻の書に匹敵したといっても言い過ぎではないと思います。とにかく大きい財産です。もともと恥ずかしがり屋で人見知りな性格のぼくがどうしてこんなに異ったジャンルの多くの人々と交流ができたのか不思議でなりません。アンディ・ウォーホルじゃないけれど、生まれながらのミーハー的性格が有名人を友にしたのかも知れません。有名人はその存在自体が独特のアウラを発しています。そのアウラのエネルギーがぼくの創造に必要だったのでしょうか。七〇年代といえばぼくの三四歳から四三歳までの一〇年間で、この時期には内外の最も多くの重要な芸術家を知ることになりましたが、その多くはすでにこの世の人ではなくなりました。

小説を書いたことでぼくに何かを齎すというようなことはなかったのですが、あえて言うならば亡き父に対する追憶の念を一層深めたことぐらいです。小説を書くことによって不透明だった父への愛慕がかなり造形化したように思えました。絵と同様、小説も一種の浄化作用になったのかも知れません。六〇年代の終りに、版画を制作し、映画にも出演し、ぼくの前には未知の領域に対する好奇心を拡張する道が開き始めていました。そして七〇年代の幕開けが万博のせんい館の建築だったのです。そしてもうひとつは想像もしなかった小説の執筆でした。このように天はぼくに苦痛を与えながら何かの試練にぼくを引きずり込もうとしているようにしか思えませんでした。「来るもの拒まず」の姿勢は体力の限界すれすれにありましたが、全てやりとげることに対する快感の方が上回っていたので、ぼくがどこに連れて行かれようとも半ば捨て身的に開き直っていました。何にでも手を出す横尾という世間の印象と真っ向から対決していたのです。ぼくがメディアを操作するかメディアによって食いつぶされるかの瀬戸際での勝負でした。タカが人生ではないか、やれるものはなんでもやってやろう、というどこか捨てっぱちの破滅的な心がぼくの奥底で煮えたぎっているように思えてなりませんでした。小説を書くことは最もぼくに不似合いなものでしたが、あの小説作法に最もうるさい井上光晴さんがぼくの何かに目をつけ、そこから何かを引き出そうとしているなら、ぼくはぼく自身を知らないだけのことです。もし変なものを書けば井上さんの責任にしちゃえばいいのだと思えばこそ決心ができたのです。その結果、大した反響もなく当然小説に対する未練もなく、あっさりと小説から離脱することができ、井上さんとの交流もあれ以来で終止符が打たれ、小説の悪夢とは永久におさらばしました。

ぼくの運命が決定的に変るのは一九八〇年です。この夏ぼくは知人の大学教授に誘われてニューヨーク近代美術館で開催された最大規模のピカソ展を観に行くことになりました。入場者で美術館をぐるりと一周りするほどの盛況ぶりで、内部も鑑賞者の列で前の人が動かない限り前進することができませんでした。もしこんなに混雑していなかったらぼくの運命は転換することはなかっただろうと推察できます。というのはあまりの混雑により行列は渋滞状態で目の前の作品に長時間釘付け状態にならざるを得なかったので一点の鑑賞時間がとてつもなく長くなり、そのために画面の隅々から、クレジットまでも半ば強制的に読まされる羽目になったのです。その結果一点一点の作品の制作日時が隣接していることが判りました。ところが制作日が連続しているにもかかわらず作品の様式や主題がその間数年の隔たりがあるのではないかと思うほどガラッと変っているのです。時には同一作家の作品とは思えないほどの変容を示しています。普通なら同時期の作品の傾向はほぼ一定した様式や主題を描いて当然です。この日々の変幻自在さは創造の常識を超越してしまっています。ピカソはその日の生理や感情に忠実に従っているのです。ピカソの作品の鑑賞術としては常識ですが、ぼく達デザイナーの眼からすると非常識というか奇異に映るのでした。

様式や主題が変化することは画家にとっては致命的です。それがピカソにおいては全く当てはまらない。例えばキュビスムの傾向を踏襲している真っ最中に描かれた新しい恋人の肖像は三角定規の集まりのような破壊的な顔に描くのではなく、実に美しい写実画で描く。恋人へのピカソの愛の証しでしょう。このような自己の想いに忠実に描くピカソこそ真の芸術家だと悟ったぼくは、できればピカソのような絵を描くというのではなく、ピカソのように生きたいと決意をしたのでした。美術館に入る寸前までぼくはグラフィックデザイナーでしたが美術館を出る時には画家になっていたのです。

このようにしてぼくは画家宣言をすることになりました。別にグラフィックデザイナー廃業宣言をした覚えはありませんが、画家宣言と共にデザインの依頼はピタリと止まってしまいました。勿論収入もガタ落ちです。しかし、このことでかえって絵を描く時間が増えたのは幸いでした。こんな単純な出来事が職業を一変させるとはわれながら全くの想定外でしたが、ある時、イヴ・タンギーがバスに乗っていて、通りの画廊のショーウィンドウで見たジョルジョ・デ・キリコの形而上絵画に目を奪われ、バスから飛び降りてキリコの絵の前に立ち、その瞬間彼は画家になることを決意したというそんな魔につかれた瞬間と、ぼくのピカソ体験には共通の運命のいたずらのようなものを感じないわけにはいかないのです。

ぼくの人生での最も苦しい時期がこの後に待っていることを知らないぼくの画家生活はこうして始まりました。デザインを捨てることと画家になることは同時に起こりました。絵が駄目ならデザインがあるさ、という二者択一の逃避行はぼくには許されませんでした。絵に対する挫折の誘惑はぼくに憑依してぼくのスキをつきながらどこまでもしぶとく死に神のようにつきまとってきました。画家転向の第一回展はかって一九六六年に一度発表した絵画展やその後版画展などでつき合いのあった現代美術専門の南天子画廊で発表することになりました。絵のサイズは一五〇号から三〇〇号の大作ばかり六点からなる新作です。この頃世界では同時多発的に新表現主義的な物語絵画の復権が持ち上っており、ぼくもその潮流に呼応するかのように取られましたが、出品作の四点が世田谷美術館、富山県立近代美術館、高松市美術館、大原美術館、そして北海道の有名コレクターのコレクションに決まりました。このことは嬉しかったのですが、ぼく自身の作品はあまりにも未熟で、その上メッセージ性に欠けていました。失礼な言い方をすると購入した美術館の学芸員やコレクターに見る眼がないと本気で思っていました。また展覧会の結果、あちこちの美術館のグループ展などに引っぱり出されていましたが、なんだか自分がニセ者かサギ師のように思えてなりませんでした。ある美術評論家は「もう一度デッサンをやり直せ」とか、「ニューペインティングのピエロ」とぼくのことを呼びましたが、あながち間違っているとは思いませんでした。友人の美術評論家の東野芳明さんは「何もわざわざ画家宣言をする必要もないじゃないか、同じ描くならキャンバス大に君のポスターを描けばいいじゃない」と冷たい視線を送りました。ぼくの絵画に対する評価は大半が批判的でした。世間の批判よりもぼくは自分自身の金縛り状態に苦しんでいました。もう後に引けない状態の中で、アメリカの女性ボディビルダー、リサ・ライオンにモデルになってもらい、数々の絵画を発表するチャンスがやってきました。しかし、こんな心理的閉塞感の中で描く絵画は迷路の中でわれを失っているようにしか見えませんでした。

そんな苦しい状況の中でしたが、ロサンジェルスのオーティス・パーソンズ・ギャラリーで個展が開催されました。オープニングにはティモシー・リアリーや、トーキング・ヘッズのデビッド・バーンも来てくれ、別の日にはあのジャン＝ミシェル・バスキアも見に来てくれました。この個展は会場は別々でしたがロバート・ウィルソンとの二人展として開催されました。このギャラリーはコマーシャルギャラリーではないので作品は販売されませんでした。この個展でロスに滞在している時、突然パリビエンナーレへの出品作家に選ばれたという通知を受けました。このパリビエンナーレは今回で幕を閉じることになり、世界の新表現主義の傾向のアーティストを網羅した展覧会で、ぼくは外国のコミッショナーによって選ばれた唯一の日本人作家でした。画家になって初めての国際舞台です。それも今をときめく新表現派のスタークラスの作家に交じっての出品でした。シュナーベル、サーレ、キース・ヘリング、バスキア、キア、クッキー、クレメンテ、パラディーノ、キーファー、イメンドルフ、バゼリッツ、ペンク、ポルケ、事々挙げれば切りのないほどのスターアーティストばかりで、あえてぼくだけが無名作家のように思えてなりませんでした。でもフランスの美術誌にはぼくの作品が特別大きく掲載されていました。それでもぼくは他の作家に比較すると劣ると思えてならなかったのです。

ぼくにとっては初の国際展の檜舞台にも拘わらず、日本の美術ジャーナリズムはこの新表現主義派最大の国際展には無関心で、どの新聞も報道しませんでした。というのもぼくは日本側が推薦した作家ではなくパリビエンナーレの事務局からの要請を受けたことにも理由があったと思います。世界同時多発的に起こったこの新表現主義絵画のムーブメントには日本の美術界も美術ジャーナリズムも冷徹な視線を向けていました。この絵画の復権はどちらかというと具象画の反乱のように見えたようです。日本の現代美術は団体展の具象画と一線を引いていたこともあって、具象画を現代美術の新傾向として評価するにはかなりの抵抗があったのではないかと思います。ポップアートの後に現われたこのムーブメントは各国で呼び名がまちまちでした。ドイツではネオエキスプレショニスム、イタリアではトランスアバンギャルド、フランスではヌーボーレアリスム、アメリカではバッドペインティング、或いはニューペインティングと呼ばれ、日本ではアメリカと同様ニューペインティングと呼びましたが、日本の場合あれだけ美術界を席巻したポップアートもついに日本には輸入されなかった時と同様、ニューペインティングを描く画家はこの時点ではぼく一人でした。だからアメリカの物真似だとか、ピエロだと揶揄されたのでしょう。

ぼくが八〇年にニューヨークでピカソ展を観た時はまだアメリカでもニューペインティングは登場していませんでした。かろうじてその予感はキム・マッコーネルのパターンペインティングの中に探ることはできましたが、この時期のアメリカは何も新しい動きはなく、ハイパーリアリズムのブームも終焉を迎えつつあった時期でした。そこへ写真のように描くハイパーリアリズムの機械的な描写ではなく身体的で表現主義的な物語性と歴史性を強調した具象画が出現したものだから、停滞気味だった美術界に一気に火に油をそそいだ感じになり、コレクターが群がり、一気に現代美術があたかも産業のように市場に流布し始めました。日本ではポストモダンが流行った時期と重なります。そんな時期にぼくが画家転向をし、一五〇―三〇〇号の大作を発表したものだから、いいにつけ悪しきにつけ、批判の集中砲火を浴びることになりました。このニューペインティングの台頭の裏にはＭｏＭＡのピカソ展は無関係ではなか

った と思います。ピカソ展を観たアメリカの多くの画家は、「このまま家に飛んで帰って絵を描く」か「それとも筆を折ってしまう」かのどちらかであるという声をぼくはしばしばニューヨークで耳にしました。それほどピカソ展は画家に大きいショックを与えたのです。その答えが翌年のニューペインティングの大流行に至ったのではないかとぼくは推察していますが、はずれているかも知れません。

そんな美術界の巨大な台風の渦に巻き込まれながらぼくも画家として誕生したのです。誕生年によってその運命が大きく変ると言いますが、ぼくの場合は最低運の年に画家のスタートを切ったように思えました。何を描いても満足できない日々が何年も続きました。いや二〇年以上も続いたかも知れません。この間、パリビエンナーレを始め、サンパウロビエンナーレ、バングラデシュビエンナーレ、ヴェネツィアビエンナーレなどの国際展に日本のコミッショナーだけでなく海外のコミッショナーによって招待されても、気持は深く沈んだままでした。というのはパリビエンナーレとヴェネツィアビエンナーレは日本側のコミッショナーの推薦ではなく、外国人のコミッショナーによるものだったので、日本の美術ジャーナリズムもそれほど関心を持たなかったように思います。そのために、国内でも名だたる美術館で毎年のように個展が開かれているにもかかわらずぼくの心の奥の顔はさえませんでした。

読書の話から随分遠いところに来てしまいました。画家に転向した頃、ぼくの頭の中を占拠していたのは美術のことばかりです。美術という深い地下の迷路の中で出口を求めてあがき、苦しんでいました。出口は完全に閉ざされていました。進むことも戻ることもできない暗黒の闇の中に一人ポツンととほうに暮れたまたたずんでいました。美術地獄です。ぼく自身が選んだ境涯です。地獄はあの世にあるのではなくこの世の中に存在していたのです。そんな中から脱出を図ろうとして、手当り次第に美術関係の本を購入しましたが、その内の数冊で挫折です。いくら読んでみても打開策には至りませんでした。むしろ深みにはまる一方です。そんな状況から脱出するにはただ描くことしか解決の道はなかったのです。そんな苦難からの脱出の答えは自らが描いた作品が与えてくれる知恵しかないのです。

12 「ディオニソス」の饗宴

画家にとって四五歳といえば最も油の乗った年齢で、主題も様式も定まり、画家としての地位も確立し、将来を約束され、いよいよ安定した充実期を迎えようとする時期です。

円熟期を目前にし、いよいよ完成の域に入ろうというそんな時期になってから画家を目指そうとするぼくの無謀さには大方の者が呆れ、一体何を考えているのだという声が囁かれているのがどこからともなくぼくの耳にも入ってきました。グラフィックデザインがぼくの無意識の中で終りつつあったことが、衝動的に画家転向へと駆り立てたように思います。ぼくのなかではすでにやり尽くした、いつ止めても未練がないという気持がぼくを突発的な行動に走らせたように思います。

デザインを止めて絵画に転向しようなんてかつて一度も考えたことはありませんでした。すでに度々書いてきましたが、運命は何の前ぶれもなく突然行動に移すとしか言いようがないのです。あれから丁度三〇年が経ちますが、なぜ天職だと思っていたデザイナーが画家にすり替らなければならなかったのでしょう。人生の半ばで職業を変えるとするると、相当時間をかけて考え、悩み、迷い、苦しみもするはずが、ピカソ展を観ている最中に一撃食らったように本当に悩みも迷いもなく、今川焼きをクルッと裏返すように人生がひっくり返ったのです。

前にも言いましたが、ＭｏＭＡの入り口から入った時はグラフィックデザイナー、出口から外に出た時は画家です。目の前の風景が全く違って見えました。知らない惑星に一人でポトリと落とされたような感覚でした。そうでなくとも道をゆく人達は外国人というだけではなく、彼等とぼくが住んでいる世界が全く異なって見えるのです。ぼくの中に革命が起きていたので、世界が一変して見えたのでしょう。こんな感情は刹那的なもので明日目が覚めれば元通りのデザイナーに戻り、それでもまだ余韻が残っていても帰国すれば、全て幻であることに気づくはずですが、この感情は日に日に増殖される一方で、いても立ってもいられず南天子画廊の青木治男社長に会いに行きました。絵画展を開いてもらうまでのいきさつはすでに書きましたよね。

画家への転向と同時に海外の個展や国際展の話が飛び込んで来たことも前回で語り

ましたが、そんな時も時、思わぬ大きい仕事の依頼が舞い込みました。ベルギー国立二〇世紀バレエ団がミラノのスカラ座で公演するバレエの舞台美術です。このバレエ団の主宰者は元バレエダンサーで振付師、演出家のモーリス・ベジャールです。演目は「ディオニソス」。今までも舞台美術は何本もやってきました。天井桟敷のコケラ落としの「青森県のせむし男」、第二回公演の「大山デブコの犯罪」、二本とも演出は寺山修司です。それに串田和美の「邯鄲《かんたん》」（三島由紀夫作・『近代能楽集』）、同じく三島の「熱帯樹」、そして中国公演のオペラ、モーツァルトの《魔笛》の舞台美術など多少は経験があるものの、ベジャールとの仕事になるとそう簡単にコラボレーションができるとは思えません。何しろ相手は超一流の芸術家です。

彼は最初に予定されていた時期にリハーサル中の舞台から転落事故を起こしてケガをし、約半年間公演が延期され、その間待機することになりました。彼の病状が回復するのを待ってぼくは妻を伴って、彼が「サロメ」のバレエを演出中のチューリッヒに向かいました。何しろ二人とも英語もフランス語も話せないので、不安は大きかったです。チューリッヒの湖畔まで歩いてそう遠くない瀟洒《しょうしゃ》なホテルがわれわれのために用意された小ぢんまりした宿屋です。一人じゃとても心細い気分になるようなホテルですが、芸術家は観光ホテルよりむしろこのような家庭的な雰囲気のホテルのほうが気に入ると思って用意してくれたのでしょう。木造のスイス様式とでも呼べばいいのか、伝統的な家具などが設置されたクラシックな様式の部屋で妻は気に入っていましたが、ぼくはもう少しモダンな大きい観光ホテルの方が好みです。チューリッヒといっても東京のような大都会ではないので車も人通りも多くなく、街を散歩がてらにぶらぶら歩くと落ち着いた伝統的な雰囲気の建物などがあり、商店が立ち並んでいるような環境の場所ではありませんでした。ホテルの近くの坂道を降りると有名なレマン湖にすぐ出ることができました。レマン湖の広さは想像もつきませんが湖を取り囲むように観光ホテルや大きい建物が並んで、湖畔にはヨットやボートが沢山停泊し、何羽ものカモメが餌を求めてやたらと飛びかっていました。そのカモメを見ているだけでも飽きるということはなく、妻といつまでもレマン湖の異国情緒に浸っていましたが、ぼくが想像していたレマン湖はもっと雄大な大自然に囲まれた湖だとばかり思っていたのです。ぼくも妻も物ぐさで、辺りを散策するほどの好奇心もなく、一カ所に腰を下ろしたまま、うるさく飛びかうカモメを飽きもせず、眺めているだけです。

初日はまあこんな風に休息する時間がありましたが、翌日から早速ベジャールが演出中の「サロメ」のリハーサルをしている劇場に向かい、そこで「ディオニソス」の主役の名ダンサー、ジョルジュ・ドンや他のスタッフを交えたミーティングが始まりました。ですがベジャールの中にはまだ舞台美術の構想プランが用意されておらず、ぼくに自由になんでもいいから描くように指示しました。

わざわざスイスくんだりまで呼んでおいてまだ構想も固まっておらず、「なんでも」とはいい加減といえばいい加減ですが、これがベジャールのいつものやり方らしいのです。彼はもっぱら「サロメ」の演出に気を取られ、まだ「ディオニソス」の方には頭が回っていないようでした。音楽はリヒャルト・ワーグナーを使用し、ワーグナーやニーチェに扮する人物を登場させることと、コスチュームはイタリアの有名なファッションデザイナーのジャンニ・ヴェルサーチが担当することが決定していました。演出のモーリス・ベジャール、主演のジョルジュ・ドン、衣装のジャンニ・ヴェルサーチ、全て超一流の芸術家なのに対してぼくは彼等にとっては無名だろうと思っていましたが、三人ともぼくのデザインの作品のファンであることを知って自信が湧いてきました。当時のぼくはデザイナーから画家に転向してすでに四年経っていましたが、まだ国際舞台での経験は浅く、心理的にやや彼等に押されていました。ヨーロッパではコンプレックスは禁物で彼等と対等に堂々と芸術家として振るまう必要があり、言うべき意見に躊躇や遠慮などしていると軽く見られます。実際に堂々と振るまうと彼等の眼の色が変ります。

最初のミーティングでは音楽はメインにワーグナーを使用し、ギリシャの古典音楽の楽器も使用するが、現代には当時の楽譜がなく、音楽は奏者から奏者へ口伝されたものだと言ってベジャールはそのテープを聞かせてくれました。ぼくには民族音楽というより現代音楽のように聴こえ、初めて聴く非常に新しい音楽に思えました。ベジャールのインド人の精神的グル（導師）が言うには文化の発祥源は一カ所、音楽の場合はギリシャでしょうか、そのギリシャから世界各地に音楽が少しずつ形を変えながら伝承されていき、現在は再びそれらがひとつにまとまろうとしている傾向があるのだというのです。しかもこのことは音楽に限らず文化、芸術も同じ運命を辿っているというのです。そういえば美術も同じで世界の様式がエグゼクトされ、ひとつに統合されつつあります。そしてやがてそれがもう一度各民族の源流に戻っていき、その時こそ世界が終焉を迎えるというのです。そんな話が「ディオニソス」の思想に反映するのかも知れないと、ドンとぼくは静かに内省しながらベジャールの言葉に耳を傾けていました。そしてその夜は日本食店に行き異国で懐かしい日本の寿司を口にほおばりました。ベジャールもドンも日本贔屓で寿司が大好物です。この時ベジャールは五〇歳を過ぎると菜食をするのがいいと言っていました。

ぼくの仕事場は窓から街が見わたせる坂の上にある部屋で窓に面したテーブルが仕事机です。妻と街に出て本屋で画集やマンガを買い、それを資料にしながら、人物が躍動しているシーンや古典的なポーズを取っている半裸の人物などを手当たり次第に描きました。人物の背景は抽象的な図像で画面全体にエネルギーが満ちているようなドローイングを何枚も描いてベジャールに見せました。この時点では彼の中にはまだバレエの構成が決定しておらず、ぼくの絵を参考に演出場面を考案しているように見えました。ぼくは毎日のようにこのようなバイオレンスな半裸の男のポーズの絵と抽象を合体したような絵を描くことで、ベジャールの想像力に刺激を与えていたように思います。ベジャールは常に何かに触発されながら自分の中に内在するイメージを発見する方法を取るタイプですが、彼のイメージを触発させる側のぼくにとっては非常に面倒な作業です。この方法はダンスにおいても音楽にも衣装においても同じでとりあえず相手に何かをやらせて、そこからイメージを発展させるのです。そういう意味では相手の才能を活かすと同時に自分の才能に同化させてしまう、ずるいといえばずるい方法ですが、才能のある人間はそういう意味でパクリの名人です。これもまたヨーロッパの芸術の本質かも知れません。このことを理解しなければ彼等とは決して仕事がやっていけません。このことはヨーロッパに限らずアメリカ人も全く同じであるとぼくは経験から学びました。

チューリッヒには一週間ほどいたでしょうか、ベジャール演出の「サロメ」を鑑賞しましたがサロメ役の女性にはもうひとつ魅力を感じることはできませんでした。「サロメ」の公演のあとパリに移りました。パリではかなり大きい劇場でストラヴィンスキーのバレエ曲《春の祭典》が公演されました。広い会場は超満員で、フランスから追い出されてベルギーで二〇世紀バレエ団を組織したベジャールの凱旋公演だったのですが、ベジャールの人気はさすがです。幕が下りてもスタンディングオベーションは怒濤のように押し寄せ、彼の人気の凄さを物語っていました。すでにこの頃からフランスの文化庁が彼をパリに呼び戻そうとしているという話を聞いていましたが、一度国を追われたベジャールは頑固にバレエの拠点をパリに移そうとしなかったそうです。ぼくはこんなスーパースターのベジャールやドンらと一緒に仕事をしているのが誇りでした。

パリでは中庭のある四角に囲まれたアパートの上階の一室が仕事部屋で、ベジャールから特別の注文も指示もなかったので、街に出て美術館巡りをしながら、一日に少しずつマンガのアクションページを参考に絵を描いてみました。すでに二〇点以上の作品ができていましたが忙しいベジャールに見せても気持が別の所にあってまだまだ「ディオニソス」に入ろうとしてないのがわかっていましたので、妻ともっぱら美術館や画廊や書店に行ったり、妻のショッピングに時間を当てたりしていました。一体いつまでパリに居ていいやら見当もつかないまま日数は経つばかりなので、一旦帰国して、ベジャールがミラノのスカラ座に入るまで東京で待機することにしました。

東京に帰っても特別急ぎの仕事もなく、なんとなく時差ボケの毎日で不眠気味が続き、体調も思わしくありませんでしたが、いつミラノに呼び出されるかわかりません。一カ月も経った頃だと思いますが至急ミラノに来るようにという連絡が入り、再も妻の旅費も滞在費も用意してくれるのです。外国の仕事は夫婦同伴が当り前になっているのか、妻の旅費も滞在費も用意してくれるのです。チューリッヒからパリ、そしてミラノへと移動を続ける放浪の画家はどこにいても落ちつきません。特にパリには美術館やギャラリーが多く毎日のように入りびたっていたので、色んな絵のスタイルを吸収したのですが、逆に自分の絵のスタイルが解体して失われていく危機感に襲われ始めていましたが、むしろスタイルがない方が自由に描けることに気づきました。パリに滞在していた時、丁度デュッセルドルフで開催される日本展のポスターの依頼を受け、ぼくのポスターとしても珍しい絵画的な作品を描きました。ドイツ人はぼくの従来の日本の前近代的なスタイルのポスターを期待していたのかも知れませんが、画家に転向したいまいつまでも昔のスタイルを踏襲するわけにはいきません。無事にぼくの新しい絵画的なポスターを採用してくれました。

ミラノには一カ月近く滞在しました。留守中は子供達と妻の妹が家を守ってくれていたと思うのですが、妻は一切家のことを心配していなかったのでかえってぼくは落ちついて仕事にかかることができました。ミラノではスカラ座で演出の勉強をしている岩倉君という日本の若者が通訳をかねて常に行動を共にしてくれていたので大変助かりました。ミラノは以前旅行で少し滞在したことがありますが、ローマのように遺跡があったりもせず、太陽の光が弱く、鬱陶しい昔の東京とそう変りのない商業都市で五月頃だったか毎日雨ばかり降っていて見物するところも一日ぐるっと廻れば済むようなところです。公演が定まっているスカラ座や、その近くのドゥオーモの周りがなんとなく観光客で溢れているだけで、少し郊外に出ると水路がある程度、あとはダ・ヴィンチの《最後の晩餐》のサンタ・マリア・デッレ・グラツィエ教会くらいしか名所はありません。まあこの街には「ディオニソス」の衣装担当のヴェルサーチと、ぼくの版画作品をコレクションしているアーティストもいましたが、ほとんど毎日岩倉君に街のガイドをしてもらっていました。言い忘れていましたが、彼の曾祖父さんは五〇〇円札の肖像になっていた岩倉具視氏なんです。

ぼくがミラノに入ってすでに一週間以上も経つというのにベルギー国立二〇世紀バレエ団の一行はミラノに入って来ません。それをいいことにヴェルサーチのオフィスに遊びに行ったりしていました。さすがイタリアの誇るナンバー1のファッションブランドのオフィスは広くてスタッフも多く、昼食はディレクターなど十数人でミーティングをしながらするのですが、その席に招かれました。話の内容はミケランジェロ・アントニオーニがファッションデザイナーをテーマに映画を製作することになっており、その対処法のミーティングだったのですが、ヴェルサーチは自分をメインにしてくれなきゃ降りてもいいというような話をしていました。さすがにこの業界は商売がらみなのでお互いが一歩も後に退けないのでしょうか。しかしその自信に溢れた毅然とした態度には、日本人だったら尾を振ってこんな檜舞台に立てるならどんな役回りでも引き受けかねませんが、そんなことは全くなく堂々たるヨーロッパ人のエゴを目の当たりに見せつけられ、商売人でなくとも芸術家の本来あるべき姿勢にぼくは亀のように少し首が胴にめり込むような恥ずかしい思いをしました。

ヴェルサーチは今度「ディオニソス」の舞台に使用する三島由紀夫とワーグナーの肖像を描いたぼくの一五〇号の大作を大変気に入りコレクションできないかと打診してきましたが、彼の魂胆はあわよくばこの作品をプレゼントしてもらおうとしているのがぼくに伝わってきました。というのはオフィスのあちこちに有名な現代美術家の作品が展示されていて、その大半がプレゼントされたものばかりだと言っていたからです。彼はゲイとしても有名なので三島由紀夫が描かれている作品に非常に興味を持ったようです。この作品はパブロ・ピカソの息子のクロードも気に入ってくれていて、自分も欲しいんだと言っていましたが、現在この作品は別のコレクターの手に渡ってしまっています。

ミラノの滞在中雨の降らなかった日はないくらい毎日、日本の梅雨のようにしとしとと暗いミラノの街の壁を薄汚く濡らしていました。ベルギーからの一行はまだ到着しません。ベルギーの稽古場でのリハーサルの仕上げに完璧主義のベジャールは手こずっているようです。時間を持てあましていたぼくはパリの近代美術館でドイツの画家のアンゼルム・キーファーの作品を妻と日替りで見に行くことにしました。キーファーは八〇年代のドイツで発生した新表現主義のイメンドルフ、ペンク、バゼリッツ、ポルケと並んでのスーパースターの一人で、その現物が見たく飛行機でパリに飛びました。ヨーロッパ内での旅行はパリビエンナーレの終ったあとデュッセルドルフへピカビア展を見に行った時以来で、語学のできないわれわれ夫婦にとってはまるで生死をかけた決死の冒険旅行です。目の当たりにした巨大なキーファーの作品には圧倒的な興奮と恐怖を覚え、ヨーロッパというかゲルマン民族の芸術の底力を見せつけられた思いでした。ぼくは自分の作品の貧困さに完全に打ちのめされ、ミラノに帰ってからも絵を描く気がしませんでした。

そんな時、岩倉君がフィレンツェに行かないかと誘ってくれて妻と三人で列車で出掛けました。街には観光客が溢れていましたが、どこからともなくメリナ・メルクーリの『日曜はダメよ』という映画の主題歌が聴こえてきました。そうですこの日は日曜日で街全体お店が休みで、この旅行の最大の目的のウフィツィ美術館にも入ることができず、広場のレプリカのダビデ像の前にアメリカ人の観光客が溢れて、せめてもとこのレプリカの彫刻の写真を撮っているのがなんとも哀れに思えました。あとはデ・キリコが《イタリア広場》に繋がるインスピレーションを受けたというサンタ・クローチェ広場からフィレンツェの中世がそのまま残されている街を何時間もアイスクリームを食べつつ、スケッチをしている人達の絵を眺めながらデ・キリコが感じたと同じ哀愁を追体験していたのです。妻もぼくもウフィツィ美術館だけは見たかったのです。彼女は特にボッティチェリの《春》の本物だけは死ぬまでに一度見たがっていました。この日から二六年目にぼくの自画像がウフィツィ美術館にコレクションされることになりましたが、この時点ではおよそ想像だにできませんでした。その代りというわけではないですがぼくが自作に引用したサン・マルコ修道院のフラ・アンジェリコの《受胎告知》が見られたのがせめてものなぐさめになりました。

ベジャールがミラノに来るまでの時間を利用してぼくはミラノ在中の三人の若いアーティストとコラボレーションをすることにしました。以前リサ・ライオンが森の中でポーズを取ったように彼等にも全裸になってもらってミラノ郊外の森の中で様々なパフォーマンスを演じてもらい、それを写真に撮って、帰国した後、数点の作品として残しています。フィレンツェから帰って間もなく、ベジャールからブリュッセルに来るようにと呼び出しを食らい、急遽飛行機でブリュッセルに一泊旅行をすることになりました。こんな際にもヨーロッパでは夫人同伴の旅費も出してくれるのでした。ブリュッセルから帰った翌日からぼくの泊っているホテルにジョルジュ・ドンがチェックインをし、一日遅れてベジャールとその一行数十名のダンサー達もやってきて、ホテルは一段と活気に溢れ、ぼくの舞台美術の制作も熱を増しました。ぼくの仕事場

はスカラ座の舞台制作場で劇場から少し離れた所にある広大なスタジオでした。舞台制作者はベテラン中のベテランで、

「私はピカソと一緒に仕事をしました」

「私はダリとしました」

「私はミロです」

「私もシャガールとしました」

ぼくは腰が抜けてしまうほど驚きました。彼等の自信に満ちた顔は身体全体からオーラを発しているように見えました。東洋から来た画家としてはまだ駆け出しの小さい日本人を彼等はどう見たのかと思うと、ぼくは心の中を見透されたような気になり小さくなって、「よろしくお願いします」とやっとの思いで挨拶をしました。

ベジャールの指示で絵のサイズが決定していました。三島とワーグナーを描いた絵がメインになりますが相当大きい作品で建物の高い所にある通路からでなくては全貌を見渡すことができませんでした。ぼくが全く手を入れる必要がないほど見事に拡大されていました。この作品の他にも何枚もの大きい額に入った作品や書割も制作することになりましたが、ぼくが描いた二〇枚以上のドローイングは単にベジャールのアイデアを触発するための素材で実際に使われたのはたった一枚だけでした。こういう彼の態度には日本人のような同情はなく彼の芸術のために必要なものだけを採用し、

あとは没にすることに対してはむしろ非情でした。このヨーロッパ人的なエゴも芸術家として学ぶべき態度としてぼくには大いに学ぶところが多かったです。日本の芸術家の弱気な部分はこのような情にからむ場面で人間感情を優先することで結果平均的な妥協の産物となって美から力を奪っているように思います。ベジャールの仕事に限らず、何人かの海外の芸術家達とコラボレーションをしてきましたがいつも感じることは日本人の自己主張の弱さをむき出しにしたところです。そういう意味では黒澤明さんは西洋人に近いかも知れません。

「ディオニソス」の舞台の規模が大きくなったためにスカラ座の舞台では狭くなり、ミラノの郊外にあるパラッツォという巨大な多目的ホールに劇場を移すことになりましたが、場所は変ってもあくまでもスカラ座主催の公演です。「ディオニソス」を上演する前に、このパラッツォで、シュトックハウゼンの物凄い大掛かりな四階建てに匹敵するサイズのセットが組まれたコンサートが開催され、まるでロックコンサートに集まるような若者が殺到し、あっという間に超満員になりました。椅子は全部はずされ、床に巨大なマットが何十個も配置され、そこに乗っかったり寝そべったりしながら鑑賞していましたが、演奏が始まるとブーイングが起こり、入場する者と退場する者が会場を混乱させてしまいました。ぼくもシュトックハウゼンのライブを観るのは初めてでしたがこんな大がかりなコンサートは恐らく最初で最後だったのではないでしょうか。

そして「ディオニソス」の公演当日になりました。いつの間にかシュトックハウゼンの時のように空っぽだった空間にはビッシリと椅子が並びドレスアップした男女で会場は満席でした。ぼく達関係者は特別席を与えられました。ぼくの背後にはタキシード姿の男性とそのパートナーがドレスアップしてずらっと並んでいたのでさぞかしイタリアの貴族だろうと思って、ぼくは緊張して小さくなって座っていたら、ぼくの後の男性がいきなりぼくの肩を大きい手でもむので驚いて振り向くと、なんとぼくと一緒に舞台美術を制作していたいつもは作業服姿の連中ではないですか。そのコスプレの変りようにぼくはてっきり、地位の高い貴族の人達ばかりだと思っていたので、彼等は大笑いで、「おめでとう」と全員が声を掛けてくれて嬉しくなってしまいました。

そして音楽と共に幕は開きダンサーがステージに踊り出すと万雷の拍手が湧き起こりました。ぼくのデザインした美術が次から次へと生き物のように転回しながら、めまぐるしく舞台が変転し、ぼくは気が転倒するほど全身総毛立ちになりました。舞台は時間通りにどんどん進行していきますが、実は舞台裏では次の場の衣装ができておらず、お針子さんが総動員で、必死に衣装を縫っており、間に合わないのでピンで止めたまま出演者達はステージに走って行くのです。ベジャールはかんかんに怒って、

「もう二度とイタリア人とは仕事をしない！」と怒鳴っていたのが印象的でした。フィナーレにはぼくもステージに引っぱり出され、大観衆を前にみんなと手をつないで何度もおじぎをしたり、アンコールの度に慣れないステージに上がらされ、なんだか、一人浮いていたように思いました。それでも楽屋は見舞い客などでごった返しており、ぼくにはドイツから来たという画廊のオーナーが是非個展をしたいと言って名刺を置いていきましたがどこかに紛失してしまいました。

公演が終ったあとヴェルサーチの家でパーティが行われました。彼の家はミラノにありましたが、最近購入したという宮殿のような館で、前の持主が家具や古典絵画をそっくりそのまま残していったそうです。ブリュッセルのベジャールの家もびっくりするほど大きいですが、その比ではなく、まさに一九世紀の宮殿です。そのベジャールが皮肉を込めてこの宮殿まがいの大邸宅をひやかしていました。あまりの調度品と大きさにぼくはただただ呆れて笑いっぱなしでした。

公演が終るとすぐ帰国する予定でしたが、ぼくに支払われるギャランティはドルではなくヨーロッパで最も価値の低いリラでした。バレエ団も考えたものです。少しでも利益を上げたいがために帰る当日にリラで支払うとはこれもヨーロッパ人のスタイルでしょうか。円に換算するとあまりにも安いのでベジャールに交渉しましたが、ギャランティに関しては全てマネージャーの仕事で自分の関知する範囲ではない、あのマネージャーは評判が悪いので近い内にクビにする予定だと言いました。しかしマネージャーに訊いてもアーティストとアーティストで取り決めたのは仕事の内容だけで、ぼくが何点作品を描こうがぼくの勝手で、マネージャーの私には関係ないと言うのです。もしぼくが日本人のマネージャーを立てても決してかなうものではありません。アメリカもそうですがヨーロッパは芸術は全てビジネスで成立しているのです。アンドレ・マルローも同じことを言っています。

この「ディオニソス」はイタリアの他にドイツにも行き、その途中で日本の東京文化会館でも公演されましたが、ステージが小さいために背景の絵を縮小しなければなりませんでした。美術の制作は日本の舞台美術制作会社が担当しましたが、公演の二日前に完成した実物を見て、ぼくは呆然としました。似ても似つかぬ全く他人の絵です。それもマンガにしか見えません。ぼくが制作者に指示を出してぼくの目の前で描かせてもぼくの原画の模写が全くできません。そこでぼくは舞台の高さいっぱいの大きい作品をたった一人で徹夜で全部描き直しました。そしてその制作費を受け取ったのはぼくではなく舞台美術制作会社なのです。勿論舞台美術関係者の誰一人として初日に招待されていません。日本の主催者も主催者ですが舞台美術家は自らの仕事に対してプライドも責任も、それから才能を磨く意欲も何もないことをこの時初めて知って愕然とするしかありませんでした。「ディオニソス」は日本のあとニューヨークで公演されましたが、その評判は聞いていないのでわかりません。その後ベジャールにもドンにも日本で会いましたが、間もなくドンも亡くなり、数年前にはベジャールも鬼籍の人となりました。またヴェルサーチもフロリダで射殺されるという不幸な死を遂げることになり、「ディオニソス」を語る仲間は一人もいなくなってしまいました。

この「ディオニソス」に関わった一年近くは、作品に登場するディオニソスもニーチェもワーグナーに関する本も一冊も読まないまま、この仕事に取り組んでいました。生半可な知識があることでかえって自由に大胆な美術が表現できないと思ったからです。

13　ラウシェンバーグの軽やかな芸術

デザインから絵画に転向してからというもの一切の精神世界的な本を読まなくなってしまいました。この種の本は全て目に入らない場所に移動して封印してしまいました。一言でいうと全く興味が失せてしまったのです。精神世界に影響を受けたのはアメリカでヒッピームーブメントに触れてからのこと、いわゆる「私探し」の旅ですが、行動の伴なわない精神世界は非常に危険でもあるのです。ぼくは禅寺に参禅を重ねたり、ヨーガにも興味を持ち、インドに七回も旅を重ねましたが、「私」は禅寺にもインドにも不在でした。私を求めて探せば探すほど私は私から離れ、その内見えなくなってしまうのです。

それが天啓のように絵画に転向して絵筆を手にした途端、精神世界への関心は一瞬で空中分解したようにぼくの頭上で完全に消滅してしまったのです。それと同時に精神世界の書物から得た知識まで記憶から失われてしまいました。そして、ぼく自身の謎の探求は実は全て絵を描く行為の中に隠されていることに気づいたのです。私の解明はキャンバスと対峙することで開示させればいいのです。こんな身近なところに解決の糸口があるのを知らずに、ぼくは一〇年も一五年もボヘミアンの旅に出ていたのです。

とはいうものの絵画に於ける自己発見は夜の暗い森の中に灯りも携えずにたった一人で立ち入るようなものです。ダンテの『神曲』（ぼくの愛読書の一冊）に於ける地獄と煉獄を通り抜ける案内人のヴィルジリオなしで彷徨しているようなものです。デザイナー時代には一度も味わったことのない絶望的な孤独感に常に襲われていました。だけどぼく自身が選択した運命の道です。あとに引き戻るわけにはいきませんが、しばしば悪魔の声が耳元で「引き返すなら今だよ」と囁き続けていました。

つまり衝動的に絵画の道を選んだことは結局形を変えた精神世界からの旅立ちでもあったのです。そして運命の女神は先にボヘミアンの旅を長年続けさせ、最後に「そんなに《私》と出会いたければ、そうさせてあげましょう」と言ってぼくを絵画地獄の熱湯の沸く釜の中に突き落としたのです。本当にそうとしか考えられないほど絵画の道は一寸先が闇だったのです。ダンテは最終的に天界でベアトリーチェに出会います。キャンバスに油絵具を塗りたくっていればそれがベアトリーチェとの一体感だと思っていたぼく自身の傲慢さに叩きのめされてしまいました。天界に参入できないまま一生を終えなければならない画家は真の芸術家とはいえないと感じて、ほとんど絶望的な気分で毎日が過ぎていきました。精神世界の彷徨は「神になりたい」という傲慢な願望の表象だったのです。そんなに求めるなら与えようと言われて与えられたのが画家の道だったのです。そんな大それたことを願わなければぼくは画家になる必要もなかったように思います。画家になったのは神の罰が当たったのです。

この生き地獄は死ぬまでぼくを苦しめるような気がしました。芸術家はある意味で神のような生き方をしなければならないように思っていました。神のような生き方？　それは芸術と人生を思いの丈遊べばいいのではないかと……。つまり何の制約も制限も条件も目的も手段もなく赤児のように自由に生きることではないかと思うのです。そのような生き方ができますか？　と問われる毎日です。

さて、話を元に戻します。

モーリス・ベジャールとイタリアで別れたあと、ぼくはロスアンジェルスに飛ぶことになっていました。その頃、アメリカの女性ボディビルダー・アーティストのリサ・ライオンとのコラボレーションが進行していたのです。彼女はアメリカの有名写真家ロバート・メイプルソープのモデルであったことですでに日本でも知られた存在でした。その彼女が舞踏家のモリサ・フェンレイと美術家のシンディ・シャーマンと来日した時、リサ・ライオンが日本のアーティストとパフォーマンスのコラボレーションを行ないたいと希望したことがぼくと彼女を結びつけた理由です。

ぼくは早速彼女に茅ケ崎《ちがさき》の凍てついた残雪に埋もれた森の中で全裸のパフォーマンスを演じてもらい、そのポーズを写真に撮って絵画にするというイベント（公開制作）を原宿のラフォーレミュージアムで行ないました。その後、ぼくの郷里の兵庫県西脇《にしわき》市に建造されつつあった西脇市岡之山美術館（磯崎新設計）を舞台にリサ・ライオンがパフォーマンスを行い、さらに神戸市で開催されるユニバーシアードのポスターのモデルにもなってもらって写真とドローイングを合成した作品を描き、さらには筑波の科学博の観覧車に彼女のボディ彫刻を一〇〇体設置するという巨大な作品も制作しました。このように次々と彼女とのコラボレーションの仕事が舞い込みました。

そしてぼくにとってのリサ・ライオンとの総仕上げとしてロスアンジェルスのオーティス・パースンズ・ギャラリーで彼女をモデルにした絵画の個展を開きました。これらの作品の大半はロスアンジェルスで借りたアトリエに一カ月以上滞在して制作したものです。ぼくのギャラリーの隣りではロバート・ウィルソンの個展も開催されていました。また展覧会の会期中にリサ・ライオンとメキシコに旅行しました。ここでの収穫はその後の作品に何らかの形で反映したと思います。さらに彼女とのコラボレーションは続き、CBSソニーの協力でハワイでビデオ作品を撮り、この作品を最後に彼女との長いコラボレーションは終止符を打ちました。このエッセイでは時間の順列が前後していますが、ぼくがロスに滞在中にパリよりパリビエンナーレに出品する要望の連絡を受けましたが、この国際展についてはすでに語ってきました。

とにかく、この通知を受けたぼくは急いで帰国し、パリに出品する作品を成城の東宝撮影所の大きいスタジオを借りて制作しましたが、この制作過程はやはりソニーよりビデオで発売されることになりました。パリビエンナーレは世界中のニューペインティングの作家を一堂に集め、このビエンナーレの最後にふさわしく八〇年代の話題をさらった国際展でした。この展覧会のあと、サンパウロビエンナーレとバングラデシュ・アート・ビエンナーレにも招待出品されました。パリビエンナーレには妻も同伴して、帰りはニューヨークに寄る予定でしたが、デュッセルドルフで大きいピカビア展が開催されていることを知り、ニューヨークのチケットをキャンセルして、デュッセルドルフとベルリンに行きました。この時期のぼくは海外への旅行が目白押しでしたが、現在に比べるとうんと健康で、体力があったように思います。ついでに言うと、ぼくは三年前のニューヨークの個展を最後に、海外旅行は中止しました。体力が海外旅行について行けなくなったからです。

ひと通り国際展への出品も終ったかと思っていた頃、アメリカのウォーカー・アート・センターの企画で「Tokyo: form and spirit」（東京・その形と心）という展覧会が、ピッツバーグとロスアンジェルス、そしてニューヨークで開催されることになり、磯崎新さんとコラボレーションで江戸、明治、大正、昭和、現代を主題にしたセラミック作品を滋賀の大塚オーミ陶業で長期にわたって制作することになりました。セラミックアートはすでに数年にわたり、大塚オーミ陶業で何点も制作し、経験済みでしたが、毎回新しい発見と失敗の繰り返しばかりで、なかなか思い通りの作品ができず毎日四苦八苦するばかりでした。

そんな頃、アメリカのポップアーティストの第一人者ロバート・ラウシェンバーグも大塚オーミ陶業で作品の制作を開始しました。彼はアジア各国を廻り、その国の技術と素材を使用して大作を制作する大キャンペーンを展開しており、日本ではセラミックによる作品を制作することになり、大塚オーミ陶業が彼に協力することになったのです。ぼくはすでに一九六七年にジャスパー・ジョーンズの案内で彼のアトリエを訪ねたことがありました。アンディ・ウォーホルやトム・ウェッセルマン、ソール・スタインバーグ等のアトリエを訪ねた同じ時期です。このような二〇世紀後半を代表するアーティストに会うチャンスを得たのは本当に幸運だったように思います。今思ってもどうして彼らに会えたのかが不思議でならないのです。勿論紹介者を通したり、時には直接コンタクトを取った場合もありますが、よほど運に恵まれていたように思います。彼等に会ったことがその後のぼくの制作や生き方に目に見えないほどの大きい影響力を与えているからです。そう考えるとぼくは本は余り読んで来なかったけれど、普通ではなかなか会えないような人々との交流によって本以上の経験をさせられてきたように思います。その点では運に感謝しなければならないと思っています。

さて、ラウシェンバーグが制作しているスタジオの隣室がぼくのスタジオだったので、ラウシェンバーグが制作を開始したら自分の仕事を中断して彼の部屋に見学にいきました。セラミック作品は何人もの技術者が必要なので、彼は常にスタッフに囲まれて賑やかにワイワイ話しながら、また日本酒を飲みながら制作をしていました。彼の場合は無意識の力を引き寄せるためにも酒を切らすことはなかったように思います。大きいセルに写真を刷ったものを何枚もセラミック板の上に重ねたり組み変えたりしながら、まるで遊んでいるかのように、ニコニコして、ひとり言をいいながら、ああでもないこうでもないと、天啓が舞い降りてくるのを今か今かと待ちながら、その瞬間がやってくるのを注意深く、逃がさないように眼を光らせていました。そして「作品がシリアスになるのを俺は最も恐れる」と言いながら霊感を捕獲しようとしているのが、見ているこちらにまで伝わってきて、緊張した空気が部屋を支配し、その張りつめた空気感はなんとも得難いもののように思えました。

シリアスな作品は神の芸術ではないのでしょう。遊びの中に神が宿るに違いない。そんな瞬間を彼はぼくに代って体感してくれているように思いました。神はシリアスが余り好きではないようです。むしろカジュアルな感覚がお好みのようです。彼が日本酒を飲んで巫女のようになる瞬間にぼくは立ち合うことができたことに感動させられました。彼はぼくが初めて使用した大塚オーミのOTという六〇センチ四方の薄い陶板の建材に大変興味を持ち、「君のと同じ素材を使いたいのだがいいかい」と了解を求めに来たことがありました。この素材は確かにぼくが初めて使用したものですが、日本の他のアーティストもぼくの使用している素材を真似て、同じものを使い始めていましたが、ラウシェンバーグのように、わざわざぼくに許可を求めたのは彼が初めてです。さすが超一流のアーティストは礼義礼節があることを知り、ぼくの方が驚いてしまったほどです。

「確かにこの素材を絵の支持体として発見しましたが、この素材を製造したのは大塚オーミでぼくじゃないから、ぼくに断る必要はないですよ」とぼくは答えました。

彼はニコッと笑顔を浮かべながら、

「ただし、君のその素材をそのまま使うんじゃなく、フラットなやつを曲げたいんだよ」と言いました。

他の日本人のアーティストのようにぼくと同じやり方ではなく、ラウシェンバーグはさらに彼が手を加え、誰もやらなかったオリジナルな支持体に仕上げてしまいました。ぼくはこの時も彼の創造の秘密を見たように思えました。そしてもっと驚き尊敬せざるを得ない彼の行動を見たのです。それはぼくがウォーカー・アート・センターで発表する予定の七点の大きい（二・四〇メートル正方形）セラミックアートのプレビューが東京で行われることになった時、彼はぼくに黙って東京まで日帰りでぼくの作品を見に行ったのです。巨匠がどうしてぼくのようなまだ未熟な作家の作品を見に行ったのかが不思議でなりませんでした。彼の一挙手一投足が全てぼくには勉強になりました。彼のような巨匠と同じ現場で仕事ができたことは本当に幸運でした。彼が帰国する日は大雪で飛行機が飛ばず、その夜、ぼくも彼と一緒に泊っているペンションで共に夕食をしたのを最後に、それ以後会うことはなく、先年彼はあの世に旅立ちました。彼の膨大な数の作品は時にはアメリカのピカソと呼ばれることがあります。彼のどの作品も何故か軽いのです。作品に天使の羽でもついているように実に軽やかなのです。シリアスになることを恐れた彼の作品はぼくに「カジュアルであれ」と教えようとしているような気がします。

この頃だったと思いますが、ある時ちょっと不思議なことがありました。いつも覗く書店にブラッと入りました。お目当ての本があったわけではないけれど、なんとなく本の棚に目を移しているそんな時、フト頭の中にモーツァルトのことが思い描かれたのです。ぼくは別にモーツァルトのファンでもないし、熱心な愛聴家でもありません。ところがモーツァルトがぼくの頭に棲みついたように一向に離れないのです。そこで興味もないのに音楽コーナーに行きました。モーツァルトの本は一冊しかなく、その本はモーツァルトの伝記でも評伝でもない、モーツァルトの曲を聴くことで病気が癒されるというような本だったのです。別に病気でもないのでこの本をパラパラと捲っただけで棚に戻して書店を出ました。そして翌日また同じ書店に行きました。すると前日と同じことが起こりました。すっかりモーツァルトのことは忘れていたにもかかわらず再びモーツァルトのイリュージョンに悩まされてしまったのです。そして興味もないモーツァルトの本を買うことにしました。それからというものモーツァルトに取り憑かれたように、CDを買い漁り、とうとう何十巻もある全集を買い、それ以来終日モーツァルトを聴くことになってしまったのです。それだけではありません。現在手に入るあらゆるモーツァルト関係の本を買い集めました。見る見るモーツァルトの本が本棚に並びましたが、一度に沢山買い集めたためにどの本から読んでいいものか迷ってしまいました。これらのモーツァルトの本を読み終るまで二〜三年はかかりそうです。

ところがモーツァルトのCDと本だけではなく、次に天才に関する本を買い始めることになるのです。このことはモーツァルトの天才に惹かれたことが切っ掛けで、ひとつ天才を研究してみようと思ったのです。天才という言葉が入っている題名の本であればなんでも全て買い漁り始めました。読書に対する興味ではなく、まるで天才本のコレクターです。モーツァルトの本と天才の本を居間のテーブルの上に積み上げて、それらを毎晩眺めるのが習慣のようになってしまいました。モーツァルトを切っ掛けにまさか天才本のコレクターになってしまうとは考えもしなかったことです。そんなお陰で天才に関する本は随分沢山読みました。そして次は天才といわれる人物に興味が移り、天才芸術家、天才作家、天才映画監督、天才俳優、天才スポーツマン等々の評伝を毎日のように読んでいたように思います。その結果、天才とは自らが天才を演じることによって天才になった人達であることが解りました。

14　滝のひらめき

　ぼくは常に自分の絵が江戸川乱歩と南洋一郎の世界を反映してくれることを祈りながら描いているように思います。ここにはぼくの原点があるからです。フェデリコ・フェリーニに会った日本の映画評論家だったと思いますが、氏が彼から「原点が描けていない作品は作品として成立しない」というようなことを聞かされたと言っていたのを思い出しました。ぼくの原点といえばやはり一〇代を過ごした郷里での様々な記憶と体験です。もし一〇代の記憶と体験がスッポリ抜けてしまうようなことがあれば、創作の意味もなくなるような気がします。

　江戸川乱歩と南洋一郎の二人の作品は中学生の頃にほんの数冊しか読んでいませんが、この両者の作品から受けた影響は計り知れないものがあります。ところがこのことを具体的に説明することは難しいのです。密林と都会というあまりにもかけ離れた原始と人工の世界は対極的ですが、両者の作品に通底している温《ぬく》りは共通しています。この温りは一〇代の読者の心に、原始の勇気と冒険と愛の力を育み、荒廃した敗戦の焼跡に近代の精神を建立させる力があったように思います。ぼくの記憶ではわれわれ子供には敗戦の焦燥感などはなかったように思います。貧困な耐乏生活にもかかわらずむしろ向上的な復興精神のエネルギーにみなぎった活力が内部からフツフツと湧き上がっていたように思います。そんな地の底から突き上げてくるマグマのような力をぼくは江戸川乱歩と南洋一郎の好奇心に躍る冒険物語から受け取ってデザイナー時代も画家時代にも変らずこの感覚を引きずってきました。だから現在老境を迎えた年齢になってもあの時代に育まれたアンファンテリスムが今も生き続けて、それがぼくの創造の原点であり、核となっているような気がしてならないのです。ぼくにとって一〇代は創造と霊感の宝庫といってもいいでしょう。

リサ・ライオンとのコラボレーションが終ったあと、ぼくの作品は目まぐるしく変化します。西洋美術史の引用が中心になるのです。このことは聖書やダンテの『神曲』に対する読書体験から来たものです。ギュスターヴ・ドレは聖書や『神曲』の挿絵を描いています。ドレの挿絵はすでにぼくのデザインワークの中で度々引用してきましたが、その方法論は絵画に移っても行っていました。絵画に大衆絵画である挿絵を導入する傾向はごくまれに西洋絵画にも見られましたが、そんな手法も久しく見ることはなかったので、ぼくは早速絵画でこの方法を試みました。先の江戸川乱歩や南洋一郎の小説の挿絵にドレの聖書や『神曲』の挿絵を折衷させて絵画として成立できないものかと実験することにしました。純粋絵画に大衆絵画を導入することは絵画の否定にもなる危険性をはらんでいますが、だからこそ試みてみようと思いました。絵画への写真やマンガの導入はすでに一般的でしたが、挿絵は絵画とは異母兄弟みたいなところがあるので、かえって誰も手をつけようとしなかったように思います。結果は巨大なサイズの戦後の少年雑誌の口絵のような作品になりました。このような方法論を取り入れた画家は世界では誰もいなかっただけに、得意な気持と不安な部分がぼくの中で混在していました。下手をすると映画館や見世物小屋の看板にもなりかねない極めて危険な実験でした。南洋一郎の小説の中のバルーバと江戸川乱歩の少年探偵団が同居して『神曲』的世界を描いているのですから、この異化現象はさぞかし美術評論家を困らせたことでしょう。

七〇年代に入るとファインアートとサブカルチャーを対比するような展覧会（「ハイ&ロウ」）をニューヨーク近代美術館が試みました。この両者の合体はすでにポップアートも挑戦していましたが、サブカルチャーの主要な対象はマンガや広告や写真に限られており、挿絵にまで領域を拡張しているようには思えませんでした。だからこそぼくは挿絵を絵画の中に導入したかったのです。鈴木御水、梁川剛一、山川惣治、ドレを中心に、シャーロック・ホームズやジュール・ヴェルヌの挿絵など洋の東西を問わず一画面の中に混合させてしまいました。

この方法と同じようにマンガを導入したり、アニメのキャラクターをアートのように表現した作品は美術界でも多少の評価を受けましたが、マンガやアニメは今日の日本の社会文化として海外にも注目されているということがその評価に貢献しているように思います。それに対して、ぼくの興味の対象の昭和の時代の挿絵やヨーロッパの一九世紀から二〇世紀初頭の時代の挿絵には現代的視点が希薄であるということからアクチュアリティがないと評されたようです。ぼくの精神の中には常に反抗心があって、時代の流行や理念に必要以上に背を向けたくなる性向があります。時代が未来を展望する時、ぼくは本能的に過去に遡りたくなるのです。というのはぼくにとっての未来は過去に存在するからです。どうも時代とぼくの間には時差があるように思います。あえて時差を作ろうとしているのですが、それでも中にはぼくのこうした生き方に共鳴してくれる美術館の館長や学芸員の人達がいて、ぼくの時代錯誤的な作品をコレクションしてくれるのは大変ありがたいことだと思っています。

挿絵的世界を主題にした一連の作品に取りかかると同時に、次なる主題が無意識的世界で準備されていたことをある日滝の夢を見始めることで知り、無意識が開示されることになりました。それから滝の夢を連続して見るようになりました。日頃滝に対する関心が強かったわけではありません。滝の夢を見る前は水の底の小石まで鮮明に見える美しい清流の中を川魚が何匹も流れに逆らいながら泳いでいる光景を夢で度々見ていました。この種の夢は目覚めたあと不思議と浄化作用がありました。それに対して滝は圧倒的なエネルギーと力を与えられた気分で、どこか高揚するものがありました。しばらく続けざまに滝の夢を見たあと、ぼくは世界中から滝の絵を集めた国際展を観に行っている夢を見ましたが、残念なことにぼくはこの展覧会には招待されておらず、かなりガッカリしたことを覚えています。次に見た夢はぼくが滝のオブジェを制作している夢です。この夢は実現しなかったのですが、展覧会は実現しました。一万三千枚の滝のポストカードを、パリ、ニューヨーク、ローザンヌなどの美術館や画廊でインスタレーションとして発表し、今ではぼくの主要作品のひとつになっています。

滝の夢の反復はぼくに滝の絵を描かせる動機になりました。当時現代美術で滝の絵を描く作家は皆無だったので、主題のオリジナル性を強調していましたが、その内国内でも滝をテーマにする「滝の画家」と名乗る作家も現れ始めました。そうなるとぼくは二番手の作家と対抗する気もしなくなり、あっさり滝の絵を描くことを止めてしまいました。先年亡くなった禅宗の松原哲明師には他人に真似をされるようになると、それは次なるステップに上がる準備ができた証拠で、このことを善行為というのだと教えていただきました。

ぼくの滝の絵はストレートに滝を描くのではなく、人物を含む様々な事物が混在する複雑な形態の中を滝が流れているという作品で森羅万象が全て滝で結ばれているような作品です。このような滝の絵の資料として滝のポストカードを蒐集するようになりました。一九九一年にメイン州のカムデンにあるコダックの研修所で世界中から招待されたアーティストを対象にMackintoshの技術講座が開かれぼくも出席しました。この時、紅葉の美しい小さい村に一軒のアンティークショップがあり、そこでビンテージの滝のポストカードを大量に見つけました。それ以来この店との取り引きが始まり、いつの間にかこの店を通して、一万三千枚という滝のポストカードが手に入ったのです。最初は絵のモチーフで集め出した滝のポストカードでしたが、カムデンのお店からどんどん送られてくるようになり、気がついたら一万三千枚に達したというわけです。実際はこんな大量のポストカードは必要ないのですが、集まってしまった以上、捨てるわけにはいきません。折角だから滝のポストカードを公開することで供養できないかと考えたのです。そこで展覧会場の壁と天井いっぱいにポストカードを並べ、床を鏡にすることで、異空間を創出してみせたのです。江戸川乱歩の「鏡地獄」的効果を演出したのですが、その効果は非常に肉体的で、ちょっとした狂気的空間を創造することができました。鏡の床に立つと四方の壁のみならず天井までの距離がそのまま足もとから転倒し、まるで滝壺の水面に立っているような神秘と一種の恐怖感に襲われるのでした。このような立体滝マンダラ空間のインスタレーションは内外の美術館、画廊など七カ所で行ってきました。このプロジェクトは今後も続行していきたいと思っています。

カムデンのアンティークショップに依存するだけではなく、実際に国内の滝巡りをしながら滝のポストカードを集めました。ぼくがしたように北斎も滝巡りのシリーズ版画を描いています。滝は日本画のモチーフとして長い間日本人にも親しまれてきましたが、ぼくの滝巡りは滝見物ではなく、滝の観光地のお土産屋で滝のポストカードを買うことなのです。本物の滝を前にして絵を描くわけではありません。ぼくは子供の頃から模写しか興味がなかったわけですから、滝のポストカードを模写するだけです。ナイアガラの滝やイグアスの滝に行っても真っ先に走って飛び込むところはお土産屋で、滝のポストカードを買うのです。買ってしまってから本物の滝を見物するというわけです。

ぼくがモチーフにする対象は滝に限らず、その大半は大量生産された印刷物からです。印刷物はその性格から複数部数存在しています。このようにマスプロダクションされた印刷物は大衆の目を通した一種のイコンでもあります。イコンには人々の願いや祈りや欲望の想念が印刷物の表面に付着してイコンエネルギーになっています。このように手垢ではなく、目垢のついた印刷物の図像を絵にするのが好きなのです。マスプロダクションされた印刷物を使用するという点はポップアートと似ていますが、その意味するところはかなり異なります。ポップアートは消費社会の産物を使用することで批評になったりしていますが、ぼくの滝のポストカードは同じ大量生産されたものでも、そこに人間の想念や思念が付着しているということで、ポップアートの物質性に対して精神性が強調されています。そこがアメリカと日本との違いということでもあります。このような発想は日本的というより、ぼくの内部の土着性の吐露を意味しているようにも思います。

滝の絵を描いたり滝のポストカードのインスタレーションを発表しているぼくの作品を見た人はぼくが滝に対して並々ならぬ思い入れを抱いていると思っているようですが、ぼくは滝が好きでも嫌いでもありません。平均的な日本人が滝に興味を持つのとさほど変りはないと思います。ぼくが高校の頃、《岩と水》と題して隣町の滝野町《たきのまち》の滝を描いたことがありますが、この時だって、近くに滝があるからだという程度です。この時の《岩と水》がその後の滝の作品に影響したり結びついているというようなこともありません。絵のモチーフなんて行きあたりばったり、出会い頭に決まるものだと考えており、その主題に特別の思い入れも執着も何もありません。また主題の意味するものを必要以上に深く考えることもありません。滝は滝以外の何物でもないのです。滝は滝なのです。その滝に様々な装飾的な言葉をくっつける必要はないのです。滝は崖を上から下に流れ落ちるとか、滝は日本では御神体であるとか、そんな説明的なことはどうでもいいことです。余計な言葉をくっつけて語れば語るほど滝は滝でなくなって別の物になってしまいます。坐禅で去来する雑念を追っかけていけばそれは煩悩になってしまいます。言葉が寄り集まるから煩悩になるのではないでしょうか。禅は言葉を排して単純になることでしょう。絵も同じです。言葉が頭の中で戯れている間は無心になれません。言葉の支配から完全に離脱して初めて絵が描けるのです。言葉が頭の中から消え、肉体が発する言葉のみに耳を傾ければいいと思うのです。言葉が頭を支配している間は絵が描けても、魂は描けないと思います。

この間芸大の大学院修士課程の卒業制作展を見に行って、生徒から自作について語ってもらいました。その言葉の大半は観念的で、肉体の言葉は全く聞こえてきませんでした。現代美術はいつの間に言葉を必要とするようになったのでしょう。自作を観念的に語れない者は美術家失格とでも教えられているのでしょうか。そして鑑賞者まででいつの間にか洗脳されて、頭の中を言葉いっぱいにして絵を理解することになるのでしょうか。その時、鑑賞者の本能や感性は必要ないことになります。言葉ってそんなに信用できるものでしょうか。「今こそ言葉の力」と新聞紙上の論評で語る識者の多いこと。ぼくは言葉ほど信用できないものはありません。言葉はご都合主義的にいつでもウソを語ります。それに対して肉体はウソをつくことができません。絵は観念ではなく肉体です。だから絵では絶対ウソはつけません。馬鹿は馬鹿な絵を、頭のいい人は頭のいい絵を、病弱な人は病弱な絵を、その人の本性がそのまま肉体を通して表現されます。

ぼくは二〇年近くグラフィックデザインを仕事にしてきました。大半が広告の仕事です。広告にはコピーという言葉を必要とします。本来必要のない広告にさえ無理矢理コピーを書きます。コピーは言葉です。それもウソの言葉を並べたてています。そんなウソのコピー入りのデザインなど正直言って描きたくないのです。コピーが必要かどうかさえ論議されません。最初から必要不可欠のようにコピーを入れたがります。ですからぼくは日本デザインセンターを辞めたあと、広告の仕事はしていません。コピーの必要のないポスターが中心になりました。

話はそれましたが、挿絵的な図像を折衷した作品を描き始めた頃のぼくの作品は必然的に物語性の強い絵になりました。物語性はポスターなどでも強調されましたが絵ではより深度が高まりました。ぼくは根っからの物語作家だと思いますが、挿絵のように説明表現は極力抑えました。あくまでもフォルム（造形）が主体でなければそれこそ巨大な挿絵になりかねません。絵画としてぎりぎりの線で止めるのが危険をはらんだ一種の快感なのです。細い塀の上を危なっかしく走っているスリリングを味わっていたのです。ぼくは小説などそんなに多く読んでいないくせに物語に惹かれていました。小説は読まなかった代りに映画はデザイナー時代にはかなり沢山観ていましたが、画家に転向してからはうんとその回数が減少しました。そのことで逆に絵の中で映画を描こうとしていたのかも知れません。そういえば映画のスチール写真を資料にして「絵画の中の映画」展を催すくらい沢山描きました。ターザンのワイズミューラー、ヒッチコックの映画のシーン、鉄火娘のジェーン・ラッセル、マリリン・モンロー、原節子、黒澤明の映画シーン、三船敏郎の日本武尊などなど随分沢山映画スターやスチール写真を資料にしました。アンディ・ウォーホルも映画スターを沢山描いていますが、彼は物語性を拒否しています。物語性を否定することによってスターの感情や心理を剝奪し、紙幣やキャンベルスープと同一の物化してしまったのは彼がポップアーティストだったからでしょう。その点ぼくはセザンヌの純粋芸術の探究以前のロマン派に近かったように思います。ところがこの傾向も後に変化しながら否定的な方向に向かいます。

15　運命を手なずける

　今でもそうですが、芸術家に限らず他の人達の自伝や伝記を読むのが好きです。それは自分だけではなく人の運命に興味があるからです。運命に関してはしばしば語ってきましたが、何度語っても考えても自分の運命についてはゴーギャン（最近はゴーガンと呼ぶことが多い）の死の六年前に描かれた《われわれは何処から来たのか、われわれは何者か、われわれは何処へ行くのか》という作品の題名同様、疑問ばかりが残るのです。ゴーギャンにとってこの主題は自らに対すると同時に人類へのメッセージでもあったようです。彼はこの作品の主題は「福音書にも匹敵すべき」ものと述べており実質的に彼の「遺言」でもあったように思われます。なぜかと言いますと、彼はこの作品を描いた翌年に自殺未遂をしています。病気と貧困の二重苦が彼を死の沈黙に追い込んだのです。そして最後の力を振りしぼってこの大作を描き上げています。彼はこの作品の完成から死去するまでの六年の間にも傑作をものにしています。

ゴーギャンは自らの運命を呪い続けながら熱帯の絶海の孤島で五四歳の生の幕を閉じるのですが、彼自身が運命の象徴であるかのように思えるのです。自らが自らを翻弄した人生ですが、われわれが一歩引いた視点から彼をとらえる時、キリストのように人類に光明の遺産を残すためにこの世にやってきた芸術家の一人ではなかったかと思うのです。苦悩に充ちた人生を生きたゴーギャンはまるで神の代弁者のように思えてならないのです。そんな自らの運命を清算するためにあの大作を描かざるを得なかった彼は肉体の苦痛を伴いながらも魂の至福を得ていたのではないでしょうか。彼はこの作品に何の準備もなくほとんど衝動的といってもいい、批評や誹謗さえ無視したような粗野なタッチで、自分の全生命エネルギーを作品に投入したのです。そこには彼の内なる神の呼吸さえ感じさせます。

長々とゴーギャンの生、老、病、死を描いた作品に触れてきましたが、彼の全作品を通してぼくは彼の運命の「眼」を感ぜずにはおれないのです。結局画家は自らの運命を描かざるを得ない宿命を抱いてこの世に生を受けてきたようにしか思えないからです。ゴーギャンの運命に触れたあと、ぼく自身の運命について考えようとする時、彼と切り離してあくまでも個別の運命を語るしかないのです。とはいえ言葉では運命は語り尽くせないものだと常に考えてきました。ぼくにとって最もふさわしい運命の語り部はやはり自らの芸術を措いて他に語り得るものはないと思います。

「ぼくがどこから来たのか——」。そんなことは知りません。なぜ実の親がいながら別の親の元に行かざるを得なかったのかはぼくの知る範疇ではないのです。考えてみればぼくの運命はその出発の誕生からコースを逸しています。そして物心のついた幼児から模写に興味を持ちました。しかし将来は画家志向ではなく、郵便配達夫を一〇代の終りまで夢見ていたのにもかかわらず現在は画家になっています。信じられないような様々な紆余曲折を経て望みもしない職業につくこと自体、これって運命でしょうか。運命を考える時自らの意思はどこまで関与するのかぼくにはわかりません。運命は常に理不尽に襲ってきます。運命に振り廻されるものなのか、振り廻すものなのかぼくにはわかりません。ジーッとしていても運命は暴れたり、無視されたりします。「今、私はここにいます」——これって運命の指図ですか。「私がいたいからいる」のではないでしょうか。自分の意思と運命の意思の区別さえつかないことが度々起こります。運命は眼に見えるものだけではなく眼に見えないほどちっぽけな運命もあるような気がしますが、そんなことが知りたくて、ぼくは色んな他人の自伝や伝記を読むのです。ぼくは今年六月で七六歳になります。残された短い人生にも運命は作用するのでしょうか。生きて言葉を発するだけでカルマを積むといいますが、死の瞬間まで運命を共に生き、運命の世話になるのでしょうか。

「私は何者か――」。この命題に答えるのは自己でしょうか。それを知っているのは自分ではなく運命じゃないのでしょうか。そして「何処へ行くのでしょうか――」。こちらが訊きたいです。この疑問以前に知りたいのは、「われわれはなぜ生まれてきたのか」ということです。死ぬことが決まっているのになぜこの寸善尺魔の苦悩に充ちた精神と肉体を伴ってわざわざ生まれてこなければならないのでしょうか。その答えを知っているのはこの「私」ですか、それとも「私」の人生を司る運命でしょうか。生まれてくるのは前世のカルマが解消されないままなので、そのカルマを解消させるために、つまり未完のまま生まれさせられてきたのですかね。そしてこの長くも短くもない人生の中で阿頼耶識をすっからかんにしてしまえば輪廻のサイクルから脱輪して、不退転の王国に到達し二度と地上に戻らなくて済むのでしょうか。だけれどもわれわれは生きている限り言葉を発し、行動します。するとそれ自体がカルマを生むことになりかねません。わざわざ生まれさせておいて、死は死で死の恐怖を与えようとします。だったら、ずーっと死んでいる方が楽ちんですよね。生かせられてしまうので今度は死ぬのが恐ろしい、こんな理不尽なことってありますかね。死ぬなら死ぬ、生かすなら生かす、のどっちかひとつにしてもらいたいですよ。カルマの存在価値っていうのは生かしたり、殺したりするための必要不可欠というか人生の生活必需品なのでしょうか。

カルマもすっかり解消され、未完で誕生した人間が死ぬ瞬間までに完成されれば、人間は永久に現在に出現することはないというのですね。それは「ハイ、解りました」と言って成せるものではないのです。今こうしてこの地上に存在する七〇億の人間は誰一人として完成した者はいないということでしょうね。もしカルマからも解脱し、人間も完成しているならこの地上に存在することは不可能だというのでしょうか。そう考えると現に存在する地上にいる高僧も、知の巨人も、大統領も先生も社長も娼婦も全員チョボチョボで、社会的成功者も、犯罪者もその地上的評価では差別なしということですかね。するとこの地球という物質の上に存在している物質的肉体も親和性の法則によって共存しているということになるのではないでしょうか。異なった次元や周波数のところでは存在できない物や人でも同一次元の周波数の場所では存在することになるはずです。そう考えるとこの地球も人間も似たり寄ったりで、どちらがエライともいえないような気がします。この地球に人間を呼び寄せた、または誕生させた創造主だけが悪いわけではないような気がします。この地球の周波数に合った人間だからこそこの両者は「ここ」に共生共存しているのと違いますかね。とはいうものの地球生命ガイアの存在を人間が無視しているのは確かです。人間にとって地球は大家さんみたいなもので、その大家さんの断りもなく勝手に家の中の壁を壊したり柱を切ったりすると叱られます。だけど人間はそんな大家さんに対して無法者のような働きをしているように思います。それが環境汚染や原発です。このようなプロパガンダはここでは叫ばないことにしています。

しかし、何もかも運命といってしまえば、他力本願でその内人間は怠惰になってしまいそうです。だけれども自分の力ではどうすることのできない目に見えない力や作用や法則が関係しているように思うのです。ぼくが生まれてきたのもこの法則の働きがあったからです。宇宙法則とか自然の摂理とかいう立派な力ではないかも知れないけれど、人間の力では抗し難い何かが働かない限り、一人の人間だって存在できないように思います。だから謙虚になりなさいとは言えません。だけど謙虚とか礼節が本来有している何か神秘的な働きは感じないわけにはいきません。以前にも触れましたが三島由紀夫さんはぼくに常に礼節の重要さを説き続けました。また礼節は謙虚とも同意語のような気もします。この間読んだ本で長寿は性格によるものだという研究を八〇年ほど続けた学者によると、勤勉性と同時に礼節が長寿のための重要な要素のひとつであるということですが、ではなぜ礼節が長寿のために大きく作用するかということは解っていない、だけれどこのことが非常に大事だと言っていました。だいたい科学的、論理的に説明できないのが、人間の秘密に関わる何かの法則があるような気がします。芸術はそのような言葉で説明できない力を描こうとしているように思います。

だけれども多くの人間は言葉や、その力を信じています。言葉を信じなければ文学も存在しないのでしょうか。以前にも書いたかと思いますが、三島さんは文学者でありながら言葉を信じていないと言っていました。言葉は肉体から発したものですが絵画ほどには肉体的ではありません。絵画は言葉ではありません。絵画は肉体です。文学は論理的で観念的です。いくらでもウソをつきます。絵はウソはつけないのです。もしウソをついて絵を描いたとしても、「ウソをついた絵」としてすぐバレてしまいます。肉体がウソをつけないように絵は絶対ウソがつけない、故に絵は恐ろしいものです。そうすると運命はウソをつくのでしょうか。もし運命がウソをつけば人間は破滅してしまうような気がします。では破滅した人生の運命はウソをついた結果なのでしょうか。

ぼくは運命は何か生まれる以前に約束された契約のような気がするのです。その約束をちゃんと魂が記憶していてその記憶が肉体の内なる声としてその人に囁くように思うのです。心の声ではなく、あくまでも肉体をメディアにした魂の声です。心の声は言葉と同じようにウソをつくような気がします。魂を源泉に肉体を経由して発せられた声こそ約束された運命の声だと思います。その運命の声を聞ける人と、そうでない人がいるように思います。その内なる声（運命の声）に忠実に従った者は運命の路線から踏みはずすようなことはないのではないでしょうか。この運命の内なる声に抵抗したり逆らった場合はブレーキのない暴走列車に乗っかったも同然で、コントロールを失ってしまいます。そんなコントロールを失った場合は破滅人生を送ることになるような気がします。

ではゴーギャンは破滅人生を送った芸術家でしょうか。そうではないと思います。むしろ魂の声に従った生き方をした芸術家です。彼の芸術は彼自身も気づいていたと思いますが、人類のためにあの「遺言」の作品を描かされたように思います。それはゴーギャンの使命でもあるからです。天が与えた使命を遂行した結果が彼のあの作品です。ダ・ヴィンチ、ミケランジェロ、ラファエロ達はあのルネサンスの時代に生まれるべくして生まれた神の代理人としての芸術家で、自らの世俗的な成功は関係ないように思います。これも芸術家の「業」のようなものだと思います。すでに創造そのものが「運命」という運命を抱いているのかも知れません。ぼくが読んだ芸術家の自伝、伝記が面白いのは運命をわがものとして、その運命を如何に手なずけ、思いのまま運命を操ったか、あるいは運命に翻弄されたかどうかその一点に興味があるからです。時には約束された運命の路線を欲望の悪魔の囁きを魂の囁きと勘違いして踏みはずす場合があります。しかし、その踏みはずすこと自体も仕組まれた運命の計画である場合もあります。踏みはずしたことによって、その芸術家はさらなる発展を遂げることもあるからです。この微妙な差異はなかなか解らない場合が多いですが、その後の芸術の成果がそれを証明しています。偉大な芸術を遺した芸術家はすでに不退の土を約束されているように思われます。偉大な芸術というものは完全に吐き出し切って、阿頼耶識が空っぽになった者の作品を言うのでしょう。

16　映画の手がかり

　絵画に創作の主軸を移した一九八〇年前後だったと思いますが、映画の話が次々と持ち込まれるようになりました。六〇年代の後半には草月アートセンターが主催するアニメーションフェスティバルに招待されて『アンソロジーNo.1』、『堅々嶽《かちかちやま》夫婦《めおと》庭《すじ》訓《みち》』、『KISS KISS KISS』の三本を制作して出品しました。それ以前にもＮＨＫの『みんなのうた』やグンゼ株式会社のテレビＣＭでアニメーション作品を制作していましたが、いつか映画を撮ってみたいとは思いながらも、デザインワークを通して常に受動的な制作態度に慣れっこになっていたぼくは、何がしたいのかという主体性が全くなく、映画も誰かが企画を持ってきてくれない限りなかなか現実化しないものだと決めつけているところがありました。

　だけどぼくの六〇年代、七〇年代は本業のデザインよりも映画の方に興味があって、当時流行っていたヌーヴェルヴァーグや戦前の欧米のアヴァンギャルド映画を片端から観ていました。そんな最中に、すでに触れましたが大島渚監督の『新宿泥棒日記』の主役に抜擢されたのです。まさか俳優を演るとは想像もしていなかったので、嬉しいやら、怖いやら、恥しいやらで非常に複雑な気持だったけれど、一方、この経験で大島さんの監督術を学べれば、こんないいチャンスはないと思いましたが、映画を作りたいという衝動も起こらず、まだ時期尚早の感がありました。

だけど、一九七〇年頃突然映画の話が浮上し始めました。というのも、東宝で宇宙映画が準備されていてその美術の依頼を受けたのですが、その時、同じ映画に関わるのなら自分で監督をしてみたいとその話を持ってこられたプロデューサーの貝山知弘という人に提案したところ彼は興味を持ってくれて具体的に動き始めてくれました。東宝が作ろうとしている宇宙映画は定番の宇宙戦争に近いものであったように思いますが、ぼくはこの頃ジョージ・アダムスキーの『空飛ぶ円盤同乗記』を始め多くのコンタクトストーリーを読んでいたので、好戦的なサタン的宇宙人ではなく人類に友好的なエンジェル的宇宙人の映画を作りたいと思い、シナリオを書き始めていました。宇宙人の役は最初からデヴィッド・ボウイと決めていたのでプロデューサーと彼に会いに行きました。ボウイは以前からぼくの作品に興味を持ってくれていて、ぼくのことを「パンクの元祖」だなんて言ってくれたこともあり、映画出演には非常に好意的でした。『戦場のメリークリスマス』に彼が出演する四、五年ほど前の話ですが、間もなくスピルバーグが宇宙人とのコンタクトストーリーである『未知との遭遇』を完成させました。同じような宇宙映画なら、彼の二番煎じになるというので貝山さんはすぐアラスカまで飛んで、その映画を観に行きました。ところがこの映画がぼくの考えているストーリーにあまりにもよく似ているというのです。ぼくの映画の導入シーンは主役が深夜郊外を車で走っている時、急に車がエンコし、同時に街の灯も消えたかと思うと頭上にＵＦＯが出現する。そんなシーンから始まります。そしてラストは地球の成層圏に停泊している全長二キロもある巨大な母船に、ＵＦＯに乗せられた主人公が這入って行くと、光り輝く船内には大勢の失踪または行方不明になっていた人達がずらーっと並んで立っているという場面なんですが、このようなぼくの発想が、どことなく『未知との遭遇』と似ているとプロデューサーは言うのです。そんなわけで、この企画を没にしたのです。しかし諦め切れないぼくは、日本の古典の中にコンタクトストーリーを求め、時代劇で『竹取物語』を撮りたいと思ったのです。そこで、『ベルサイユのばら』で大成功したキティレコードに話を持っていきましたが、多賀社長に「時代劇は当たらない」という理由で断られてしまいました。だけど、それから間もなくして市川崑監督が『竹取物語』を作りました。映画の製作会社は過去の商業的ジンクスに拘るためにオリジナルなものは中々実現できません。つまり時流の傾向に従おうとするのです。こうした考え方はぼくの考え方と完全に対立するものです。だからもし作るなら自ら投資するしかないと思いましたがそんな経済的基盤はありません。こんな風にもたもたしている頃、今度は丹波哲郎さんから『大霊界』の映画の美術を依頼されました。またしても美術です。だけど、丹波さんの考える死後の世界の光景は決まりごとが多く、独創的な発想ができないことが判ったので断りました。

そんな時、ふと頭に浮かんだ発想はぼくの夢日記からの夢のアンソロジーの映画化です。そしてこの映画は知人で黒澤映画のプロデューサーの野上照代さんにプロデュースを依頼したいと思いました。というのも、もしぼくが映画を作るようなことがあれば声を掛けて欲しいと彼女から言われていたからです。だけど野上さんの第一声は、

「夢なんて映画にならないわよ」

でした。「だから映画にしたいんだ」と食い下がっても彼女の価値観には「夢」は想定外だったのです。そんな話があった数年後野上さんのプロダクションマネージャーで黒澤明監督による『夢』が作られました。ぼくを断った同じテーマの「夢」です。黒澤さんには彼女も反対できなかったんでしょうね。ぼくの「夢」を断った彼女にあ

の時の話をしたら、彼女は「あら、そんなことあったかしら」と「夢なんて映画にならないわよ」と言った自分の言葉をすっかり忘れていましたね。同じ夢でも黒澤さんには太刀打ちできないので、ぼくの「夢」は夢で終ってしまい、実現しませんでしたが、ちっともくやしいと思いませんでした。一般的には黒澤さんの『夢』はそれほど評判はよくなかったようですが、ぼくの中では黒澤映画の五本の指に入る芸術的な映画として評価しています。『未知との遭遇』にしても『竹取物語』にしても『夢』にしても、これらの映画が出来る前にぼくは同じテーマで映画を作ろうとしていたのです。それにしてもどうして後に作られる映画ばかりを先に構想していたのでしょう。シンクロニシティというよりも何か彼らの想像のエネルギーを先にキャッチする変な予知能力がぼくにあるのかなあと思ったりするのですが、まあ一種の集合的無意識みたいなものなんでしょうかね。

この話があって数年後、黒澤監督の次回作『海は見ていた』という映画のドキュメントを作りませんかと黒澤さんから直接声を掛けられました。黒澤さんの晩年には家が近いということもあって時々日曜日などにお邪魔して黒澤さんの映画談義を聞かせてもらっていました。ぼくがあんまり根掘り葉掘り映画のことを聞くもんだから、黒澤さんはある日、

「横尾さん、映画作りたいんじゃないですか。だったらぼくの次回作『海は見てい

た』のメイキングというより、ちゃんとしたドキュメンタリーを作りませんか。スタッフはうちの連中を使っていいですから」

天から降って湧いたようなまるで夢のような話です。ところが準備に入り出した頃、黒澤さんが京都で突然倒れられ、本篇自体も危うくなり製作も打ち切られ、その後しばらくしてから黒澤さんはとうとう逝去されてしまいました。映画の話はいつもぼくの前に幻影のように現れては消え、消えては現れる、映画の悪魔がぼくを弄んでいるとしか思えない、そんな連続です。それから間もなく、今から四、五年ほど前です。三島由紀夫の映画を何本もプロデュースしている藤井浩明さんから突然、三島さんの『禁色《きんじき》』の監督依頼が来ました。この時も驚きました。この映画はフランスでの映画化が進んでいましたが、藤井さんはどうしても日本を舞台にして、既成の監督ではない人間に作らせたいという発想があって、そんな人材を探している時に、NHK『世界わが心の旅』でバンコクに三島さんの『暁の寺』を訪ねたりするぼくが出演していた番組を観ていた藤井さんが、急にぼくに撮らせようと直感したというのです。製作はすでに東宝に決まっていましたが、東宝としては主役はSMAPのメンバーの誰か、できればキムタクか、彼らと同等の人気のあるアイドル系のタレントを主役にしたいというのがこの映画の条件でした。ところが売れっ子タレントはすでにテレビ局に向こう九カ月全てスケジュールを押さえられており、また東宝のイメージする他の人気俳優やタレントの長期のスケジュールもほとんど拘束されていました。

そしてもうひとつの問題はぼくが作る映画第一作に果たして『禁色』がふさわしいかどうかということをぼくは考えました。シナリオはすでにできていましたが、フランス人好みでホモセクシャルが物語の核になっていました。この頃、やはり三島さんの『春の雪』が台湾の監督によって作られ、上映されたばかりでこの映画にも藤井さんが関わっていましたが、藤井さんと頻繁にミーティングを繰り返す中で、ぼくの気持が中々整理できないままでいました。もうひとつ『禁色』に対して一歩が踏み出せなかったのです。小説としてはいいのですが、映画になった時、小説に負けるような気がしたのです。

そんな折りも折り、今度は駒澤大学の学長・大谷哲夫氏が書かれた道元をテーマにしたという伝記小説の映画化の話が舞い込んできました。禅修行の経験があるからということでしょうか、原作者の大谷氏の希望でぼくに監督のお鉢が回ってきたのです。この映画には大勢が関わっていて、『禁色』が暗礁に乗り上げつつあった藤井さんにもこの映画に関わってもらい、主役の俳優さんも決まり、ぼくの頭の中には完全に映像が出来上がっていました。ところがあと二カ月後に中国ロケを敢行するというところまで来ていたにもかかわらず、突然スポンサーが手を引いたために、空中分解してしまったのです。残された若いプロデューサーの一人は独自で別の映画をぼくに撮らせようとして動いてくれ、そこでぼくは筒井康隆原作『ヘル』の映画化を考えました。筒井さんには「最も映画にならない小説ですよ」と言われましたが、小説と映画は別と考えていたのでなんとか実現したいと思い、すでにシナリオは出来上がっていたにも拘わらず、またしても資金面の難航が原因でどの映画も片端から消えてしまいました。それでもなんとか一本は物にしたいと思ったぼくは、藤井さんに『禁色』に代って三島由紀夫の『美しい星』の映画化を企画しました。この原作なら、かつて構想していた宇宙人とのコンタクトストーリーも実現できます。そこでこのシナリオを三島由紀夫の再来と言われてデビューした小説家の平野啓一郎さんに依頼しました。この映画化は国内だけでなく海外からもオファーのある作品だそうですが、藤井さんは全て断っていました。ところが、こちらもなかなかスポンサーになってくれる企業が見つからず、その内ぼくの展覧会のオファーが次々と数年先まできてしまい、今度はぼくの絵の制作時間が必要になり、一時中断することにしました。

それにしても映画は本当に大人の果てしない「子供」の夢です。現代はその気になれば既成監督でなくても映画が作れる時代ですが、ぼくの考える企画はどれも商業的ではないという理由で見事に実現してくれないのです。ぼくにとって夢は実現するものではなく果てしなく追いかけるものになってしまいました。そしてこれこそがぼくの映画の夢なのかも知れません。そんな時、ぼくのドキュメント映画を製作したいとかつてリサ・ライオンのビデオを作った時のプロデューサーがやってきました。すでに日活が製作会社として決まっていましたが、それにしてもよく次から次に映画の話が舞い込んでくるものです。早々にぼくの日常や製作風景の撮影が始まりましたが、その途中で、ぼくが出演するだけではなく自作自演のドキュメンタリー映画に方向転換できないかと提案しました。そしてこの映画を単なるドキュメントではなく虚実が入り混じった映画にしたいと思っているのですが、ぼくには映画を作らせないという悪魔がついているのでこの映画だって完成するかどうかは全く予測ができません。

ところでこのドキュメントとは別にもしぼくが映画を撮るとしたら、こんな映画を夢見ます。ぼくの好きな映画監督の様々な文脈から映画文法の全てをパクって宝石函をでんぐり返ししたような白昼夢的映画を撮ってみたいと思います。テーマは森羅万象、思想の入り込む余地のないものならなんでもいいのです。生半可にテーマなど持つと頭でっかちで用心深くなるだけで、支離滅裂且つ矛盾に満ちた壮大な輪廻転生を超克したような宇宙的大失敗作を実に計画的且つ、確信犯的に撮ることができなくなるんです。そしてこの映画はビリー・ワイルダーの如く一作一作を異なる主題と様式で数本シリーズで撮る必要があります。画家で言えばデュシャンかマン・レイのようにアスペルガー症候群気味、芸術的且つ通俗的観念的衝動的サギ的映画にするのです。人間の性格は本来複数であり、「私」とは小さい複数の私の集積により形成されているというグルジェフの考えを証明するような多重人格的な映画がいいですね。さらにどの映画もフェデリコ・フェリーニのような何かに恐れわななき、悪さがいつ露見するかとびくびくしながら戦戦恐恐と、子供が大人の女の性の神秘と宗教の偽善、権力者の放蕩と失墜を描いたようなそのくせ形而上的なデ・キリコとポール・デルボーのようなアンファンテリスム山盛りの画面の連続にアングリするような反知性、反道徳的、犯罪的なそのくせ戦慄するようなマットーな映画をね。

また小津安二郎の執拗な反復場面を、アラン・ロブ゠グリエもウォーホルも真っ青なほどお経のように不必要に繰り返し、狂言の返し言葉を延々繰り返すように馬鹿みたいに多用した、そのくせ能の静寂と妖気と文楽の古典美をこれでもかこれでもかと世阿弥も、秋成も、鏡花も谷崎も乱歩も風太郎も口がふさがらないダリの道徳的理性的判断にゆだねるしかないような場面の洪水に飲み込まれるみたいな映画を。さらに小津の画面に配置されるあの赤の斑点や、スピルバーグの『シンドラーのリスト』の気取った赤のモダニズム、『ALWAYS 三丁目の夕日』の赤のパラレルの多用乱用ではなく、三島由紀夫の割腹した腸と一緒に飛び出した『憂國』もかなわない鮮血のグロテスクなねばねばした赤でもなく『血とバラ』のロジェ・ヴァディムの描く女ヴァンパイアの性的で痴呆的な処女の初潮の血を髣髴とする食欲をそそるような赤を非芸術的に描いて見せたいのです。さらにヒッチコックのサスペンスドラマをスピーディでスラップスティックなバスター・キートンの殺意のリズムとチャップリンの哀愁のメロディが流れる屠殺場を舞台に黒澤映画のトランペットのように祝祭的音楽で、そして『羅生門』の冥界と現界の境域に降臨して来た鬼神のような巫女の語る死者の怨霊の言魂を、さらに、さらに、ゴダールの『ウィークエンド』のバケツからバラまかれた人工的なペンキの赤色のニセ物の血の中で溺れる小さい蟻ン子の悲劇をうんとゴジラほどの大きさに拡大して勿体振ったルネ・クレールの『そして誰もいなくなった』のような観客を馬鹿にしたあっけない、そのくせ勿体振った偽善的な結末で終る映画ができるんだったら、絵を描くのをやめて映画に転向してもええかなあと砂上の楼閣を不眠の深い夜の底で喘息に喘ぎながらギラギラと見開いた眼《まなこ》を天井に鰯の大群の回遊さながらネバーエンディングな狂気の妄想をする今日この頃であります。

映画は原作の言葉を活字から音声に変換し、言葉の純粋性を通俗性に落とし込み、文学から切り離し、文学より優位に立つことができる腹黒い快感がたまらない魅力なんです。活字と文学に対する復讐ができる映画には愛を抱くことができます。映画は絵画と同様文学を沈黙させます。特に画家は自らの形態創りに精を出すべきで、言葉は沈黙しなければいけないと、キャンバスに向かう時いつも反省させられます。

17　少年文学の生と死

正確な記憶ではないですが、六〇代になった頃からか、急に少年文学に類する本が読みたくなったことがありました。いや、読まなければならないと考え始めたのです。ぼくの読書歴は人に知られるのが恥ずかしいほど貧困なものだということは何度も書いてきましたが、読書の基盤になる少年期の読書体験が不在のために、その後の読書を完全に怠ったのが本を読まなくなった最大の原因だと思うのです。基盤のない上にいくら読書を積み重ねても、砂上の楼閣です。そんなわけで六〇代の手習いではないですが、今からでも遅くない、少年期に戻ったつもりで、やり直そうではないかという健気な気持に立ち戻って、読んでみましょうと始めたのであります。

『ロビンソン・クルーソー』、『ガリバー旅行記』、『宝島』、『トム・ソーヤの冒険』、

『星の王子さま』、『八十日間世界一周』、『十五少年漂流記』、『神秘の島』、『海底二万哩』、『月世界旅行』、『地底旅行』、『シャーロック・ホームズの冒険』、『ふしぎの国のアリス』、『注文の多い料理店』、『銀河鉄道の夜』、『風の又三郎』、『アラビアンナイト』、『タイム・マシン』、『透明人間』、『モルグ街の殺人』等々です。少年文学を読むことで、ぼくは自分の中の少年性がまだ健在かどうかを確認していたのかも知れません。もし少年性が不在であれば、創作者としては創造の源泉を失ったことになります。以前にも書いたと思いますが、ぼくの創造の源泉というか核はアンファンテリスムです。少年文学を読んでいてぼくは失われた少年時代を回復するというよりも、むしろ現在性を感じました。今日の文明やわれわれを取り巻く現代社会を根底からもう一度見つめ直す眼が養われ、新鮮な視座を与えられたような気がしました。そしてむしろ少年文学は老境を迎えた現在の自分にとって必要不可欠な教養のように思えたのです。知識ではなく、肉体を通した経験から生まれる知恵がやがて現実的になる死の関門を通り易くしてくれるような気がしないでもないのです。もうぼくの年齢になると毎日が死との対話です。変な言い方だと思いますが死と対峙することで観念だった死が写実的になって描かれるのです。そして、そのことで死が充実し、生もそれに従おうとするのです。

少年文学はぼくには生の文学であると同時に、死の文学でもあるのです。文学に登場する少年達はまるで死者の国からつかわされてやってきたような純粋な魂の持ち主達ばかりです。確かに少年期にこのような文学を読む必要はありました。少年時代にこうした文学を通して、しっかりと、時には無意識に死を肉体の深奥に宿すことになるのかも知れません。そういう意味ではぼくは明らかに遅れてきた少年のようですが、ぼくは少年期に本からではなく、肉体を通して自然と常に対峙しながら、日課のように絵を描いていたことで、少年文学と同等とはいかないまでも近似した感性、死の感性といってもいいかも知れない知識ではない別の「何か」を体験していたような気がします。

少年時代は感性が心を鍛えてきたと思いますが、今人生のたそがれにあって感性はかえって不必要な気もしないではありません。芸術は感性だけでは成立しません。感性はどこか女子供の性質に近いように思います。ぼくの今の年齢でまだ感性に頼っているとするならば、それは下手するとガキの芸術になりかねません。三島由紀夫がうんと若い時期にこのことに気づいています。彼はヨーロッパ旅行で感性を捨てることの意味と重要性を本能的に察知していました。その点ぼくなどはついこの間まで感性万能主義者でありました。感性を捨てることで逆に普遍性に到達できるような気がします。とはいうものの目の前のキャンバスと対峙する時、感性を筆に変えてはいないでしょうか。芸術家にとって感性は創作の門でありながら、最終到達地点に着いた時にはそれを捨て去っていなければなりません。少年文学を読みながらぼくはこんなことを思っていたのです。そして作品の中にジュール・ヴェルヌやアリスのイメージ、ポーやシャーロック・ホームズ、わが江戸川乱歩の登場人物などを描き入れたりもしたものです。文学と絵画は水と油だと思っていますが、絵に文学から借りたイメージを引用するのは別に絵画の文学化を意図したわけではなく、単に素材として活用しているだけです。絵画の主題は文学のようにそれほど重要でもなく、何だっていいのです。森羅万象全てがテーマになります。毎回描くものが次々と変化しても他人はともかくとして自分自身が咎めなければ自由でいいのです。主題は切っ掛けだと思っています。そのことで創造態度がぶれたり、絵が抽象化してもいいと思っています。例え具象画であっても、それ自体が抽象絵画のような様相を呈していてもいいのです。むしろそうなることをぼくは求めているようにも思います。ただ破壊してはならないのは画面の秩序です。

少年文学に関しては割合と短期間にまとめて読みました。そして未だに続いています。さて、少年文学の次は世界文学全集の中から有名な小説のつまみ食いです。その前にマンガになった名作を片端から読んでみました。世界文学、日本文学、古典、哲学、思想、宗教、歴史と面白いほど多岐に亘っていました。このようなマンガ本に強度の高い精神性を求めるのは無理としても、何度か繰り返して読む（見る）ことで視覚に訴えるビジョンの印象によって少しは記憶されます。ぼくのような読書に対する横着者にはお手軽な方法です。そしてそんな中から活字本に再挑戦することもありました。しかし読み終えると同時に忘れてしまいます。別に記憶するために読んでいるのではなく、活字の味覚を楽しんでいるためです。

以前にも触れたかと思いますが、七〇代になった頃、老年の過ごし方のような本を片端から読みました。キケロの『老年について』を始めヘルマン・ヘッセ、そして中野孝次のほぼ全著作。老荘思想を原点にした中野さんには共感することが多々ありました。少年物を読む一方で老年期をどう迎えるかというような本を読んでいました。矛盾しているように思われますが、ぼくの中では両者は地続きだったのです。老人になることは内部に子供の王国を築くことでもあります。幼い老人になることによって若い時代に気づかなかった様々なことが見えてくるような気がするのです。若い時代の視座は常に外部に向い、立ち止まることを退行のように考えていたのが、老境を迎えるとかつての時間の概念が通用しなくなるのです。どうも時間はその人間の欲望によって規定されるような気がするのです。確かに老化によって肉体的欲望と同時に社会的欲望も減退していきます。しかし、ただひとつ創造に於ける欲望だけは今まで以上に強く燃焼するのがわかります。そして人間の寿命は芸術寿命によって決定されるような気がするのです。つまり芸術寿命が肉体寿命を延命してくれるように思えるのです。巨匠と呼ばれる芸術家が長命であることには何か理由があるような気がします。世俗的欲望が芸術的欲望に切り換った瞬間、そこに宇宙的摂理のようなものが作用し始めるのではないでしょうか。ぼくは老年を迎えるのと同時期に健康や病気に関する本も沢山読みました。だけど健康に執着することは自我を膨張させることで「生きたい、死にたくない」という欲望に支配されているに過ぎません。このように自己に執着していた時に出会ったのが白隠禅師の「夜船閑話」です。白隠は病気の原因は全て性格にあると言います。同じような説を発表したのがハワード・S・フリードマン博士で、彼は長寿の条件として「誠実」、「勤勉性」、「社会的ネットワークの広さ」、「身体活動」、「生涯現役・生涯学習」を挙げています。一方白隠は人間には本来治癒力があるとして、やたらと薬を飲むことを禁じます。加齢と共に老人のたわごとはいつの間にかこのような若い人には無関心な病気談義に発展してしまいます。それも死というリアリティから避けられないほど死に接近しているからでしょう。ぼくは後期高齢者として国が認定している老人の部類に数えられていますが、一方で自分を老人として認めていない部分があります。そのくせ自分と同年の老人には興味があります。そしてキケロやヘッセの老人論には常に耳を傾けるようにしています。老齢こそ人生の至福の時だそうですが、そのためにはラクダの背中にワンサと積み上げてきた大きくて重い荷を先ず下ろさなければいくら老人になったからと言って至福が得られるわけではありません。長い人生でため込んできたカルマの荷を死のゴールを目前にして果たして下ろすことが可能なのか、そして阿頼耶識の蔵を空っぽにすることができるのか、この作業を怠って至福を得るなんてやっぱり虫のいい話ですね。

まあ、それでも六〇代以前と七〇代以後では確かに何かが違っているように思います。もしぼくに至福の瞬間が訪れるならば、それは常にキャンバスに向って自分の描く絵と対峙することしかありません。描く絵に対する野心も野望も、そんなものはどこかに忘れてきたように思います。せめてこのような欲望から解放されたことを自らの魂に感謝しなければならないと思います。もう今からいくら沢山本を読んでも時間のロスで、大して役にも立ちません。今では本から得る吸収はほとんどゼロです。それよりも意識の深層に耽溺している不透明な雑念を如何に吐き出すか、それしかありません。吐き出す手段はぼくの場合は絵を描くことです。咽がカラカラになるまで吐き出すことが、残された生に対する礼節のような気がします。

どうでもいい読書と平行しながら、ある時ぼくは小説を書きました。ぼくの残された人生の中で小説を書くということほど想定外の出来事はなかったと思います。ぼくが小説を書く羽目になったのは、書籍部から『文學界』に異動した文藝春秋の編集者が、今後のぼくとの交流のためにと小説をぼくに依頼したのです。その瞬間はぼくは呆れて笑ってしまいましたが、ところがこんな彼の一言が思わずぼくにペンを握らせたのです。そして翌日に三十数枚の短篇を書き上げました。それが『文學界』に掲載され、引き続いて追加原稿を書き、短期連載が決まりました。その後この小説が『ぶるうらんど』と題して単行本化されたのです。これで編集者との約束が果たせ、魔が差して書いた小説からも解放され、再びアトリエのキャンバスに向うことができました。それにしても素人小説をよくも『文學界』に掲載してくれたものです。そして小説を書いた記憶も薄れ始めた頃、単行本の『ぶるうらんど』に泉鏡花文学賞が与えられました。文学者としての認識など全く0です。編集者とのおつき合いで書いた趣味の小説です。そんな生半可な小説に文学賞が与えられたことはぼくにとっては大きい驚きでした。だけど、この一作だけでは済まない強迫観念のようなものがジワジワとぼくの中からも外からもやってきていました。一作だけ書いて姿をくらますのはまるで食い逃げのように思えたので、さらに短篇三作をやはり『文學界』に発表することになりました。そしてそれが再び『ポルト・リガトの館』と題して単行本化されました。その後も他誌からの依頼があり、短篇二作を書きましたが、それで小説は打ち止めです。小説は言葉との戯れであると同時に心地よい戦いでもありました。それに対して絵画は言葉をぼくの中から排除する作業です。当然ながらぼくに使命があるとすれば、やはり絵を描くことです。やっと小説から解放されて安住の地に戻りました。ただ小説を書きながら一度も苦痛を味わうことはありませんでした。戦いと言いましたが、まるで戦争ごっこみたいで、書いていて面白くて愉しくて仕方なかったというのが本音です。それは物語を想像していく快感だったと思います。そしてもうひとつは作り話の王国を築きながら戯れることの快楽です。

『ぶるうらんど』で描いた世界は死後の世界です。ぼくにとっては死後の世界は特別のものではありません。生きていた時の経験や記憶、想念がそのまま非物質的世界に移行するものだと仮定しました。だから死者を死者として描くのではなく生者同様に死後も生活をさせました。生者と異るところは肉体がないことです。しかし死者とて生者の頃の肉体の記憶は存在しています。肉体が消滅して実感は乏しいけれど五感の記憶があります。風景も存在します。しかしその風景は死者の想念によって想像され具現化されたものだから、不必要となるとすぐ消滅します。そして地上時間のような時間は存在しません。過去、現在、未来はありません。同一時間軸の中に空間化された形で時間を存在させました。また肉体や事物の移動も全て想念が支配します。また地上のような人間的差別はなく、共通の波動によって存在する親和的な世界ですから異種交配は行われません。似たもの同士が集まった世界が何層にも存在しますが、霊的レベルの高い世界の住人は、下層界には簡単に行けますが、下層から上層には行けないルールを設定しました。まあこのように書いていくとまだまだ多岐に亘ってこの世界を説明することになりますのでこの辺で止めます。小説にしたいテーマや材料のストックはまだまだありますが、もう小説を書く時間はありません。よほど気が向くか、時間ができるか、衝動が起これば別ですが、ぼくにとって最も重要な労働はやはり絵を描く作業です。絵は目的も結果も手段もありません。あるのは「今」という瞬間の行為だけです。過去にも未来にもない、自分が生きている実感はこの「今」だけでしょう。生はなかなか実感が伴わないけれど、死の世界はきっと実感しか存在しないように思われます。何しろ実相界ですからね。そんな死の実相界からこの物質界を覗けばこちらの世界はいわゆる仮象の世界ということになります。生きながら死ぬ生き方が最も生の充足を味わうことができると思いますが、残念ながら肉体の存在する現象界は物質世界です。肉体も物質である以上、物質の波動と同調する必要がありそうです。とはいうものの人間の本性は肉体でも精神でもない魂としての霊的存在のような気がします。結局死者は肉体から離脱した霊的存在になった状態を指すのではないでしょうか。生きながらにして死の体験をするということは、すなわち霊的存在になるということでもあると思います。霊的存在は非物質界に属するために、この物質界で生息することは不可能なんだと思います。だから死ぬしかないのです。そういう意味では死は救いなんでしょうね。キケロやヘッセはその死の入口に立っていた人だからこそ、死と隣り合わせの老境をまるでシャングリラのように感じられるのでしょうか。シャングリラも四次元領域に存在するシャンバラと同様、地上から隠された場所にあるのです。シャングリラもシャンバラも死と同様、肉体のままでは行くことができません。肉体を四次元化するしかないと思います。つまり霊的存在となって初めて行くことができるのです。なぜならその場所がすでに霊的境域だからです。

ところで死後の世界を肯定するためには霊魂の不滅を想定する必要がありますが、科学が解明し得ない範疇のものは存在しないという現代の常識から言えば魂は存在しないことになります。従って死後の世界も否定されます。にも拘わらず文学や演劇などの芸術の世界では死後生をテーマに物語が創造されています。しかしその世界は想像の世界として評価されているために誰も死後は存在しないと文句を言う人もいません。死後の世界は実在ではなく、あくまでも想像の世界の産物として認識されているようなのです。

だけれど死んだら終りではこの複雑な人間の謎が解明されません。人間の存在を謎たらしめている張本人は魂です。魂の有無によって社会も人生のあり方も変ります。唯物論は物質主義ですから非物質的な魂の存在を認めるわけにはいきません。この地球も人間の肉体も物質で構成されている以上、魂も物質でなければならないはずです。にも拘わらずそんな物質としての魂は見たことがありません。五感で知覚認識できないものはもともとこの地上には存在しないことにしておいた方が面倒でなくていいからでしょう。魂など持ち出すからかえってややこしい問題が発覚してしまうというわけです。

そんなややこしい魂をこの世の中から葬るのは簡単ですが、仮に魂が存在すると仮定して考えてみたらどうでしょうか。ぼくは科学者でも心理学者でも宗教家でも、まして神秘主義者でもない、画家の末席にいるただの絵描き野郎です。そんなド素人のいう戯言というか、まあぼくの空想物語を聞いて下さい。というのは私自身の存在が謎だからです。肉体と精神の働きだけをいくら解明しても私の存在は依然として謎のままです。というのはこの問題の解明に魂を介入させていないからではないかと考えるのです。私の謎というか秘密の鍵を握っているのは実は魂ではないかと思うのです。魂の謎に触れられれば人間の死後も輪廻転生もスルスルともつれた糸の端が見えてきて解明されるのではないかと実に単純に発想しているに過ぎませんが……。

現実社会は矛盾に満ちています。美人もいればブスもいます。金持もいれば貧乏人もいます。頭のいい人、悪い人も健康な人も病人もいます。全て相対的に比較してわれわれは不幸だとか幸福だとか言っているのです。そういう意味ではこの世界は不平等です。だから頑張りもするのでしょう。しかし考えてみればこの宇宙は秩序によって活動しているのではないか、ある法則に導かれながら活動しているのではないか、自然の一部である人間だってこの宇宙法則の例外ではないはずです。仏教の因果論も同じようにある法則を語っているように思います。原因があるから結果があるというのは法則ではないでしょうか。つまり宇宙も人間も秩序と調和によって存在していることになるのではないかと思います。魂は人間の生死を司るマザーコンピューターか宇宙ステーションの管制塔のような使命を持っているのでは、と思うのです。だからもし人間に魂が存在しなければ生きていないことになりはしないか、つまり魂があるから生かされているのでは、だから死ぬと同時に肉体から魂が離脱するというのではないかとぼくは考えるのです。

ところで親子をお互いに眺めていると不思議なことに気づきます。顔や肉体的特徴は似ています。だからそこにDNAの存在を認めます。だけど、全てDNAで解決できない部分もあります。肉体的特徴や性格の一部が似ているとしても、何から何までそっくりなクローン人間ではないことは確かです。DNAの許容範囲はその程度で、人間の本性を司る魂（あると仮定してですよ）にDNAの影響は皆無です。魂は遺伝しません。だから親と子供は別の存在です。それぞれの魂には魂の経験があります。親だからと言って子供の魂より経験が豊かだとか深いというようなこともないはずです。子供の魂の方が親よりレベルが高い場合だってザラでしょう。魂のレベルは輪廻転生の回数の結果決まるものだと思います。まあ例外はあるとしても。われわれの社会では魂の経験というよりも社会的実績で上下関係を決めていますが、本来の魂の階級はその霊性によって決まるはずです。魂の経験が多いほど必然的に霊性が高いということになりそうです。そう考えると現実の社会的評価は死後の世界では問題外ということになりかねません。魂の存在を肯定すると現実社会の評価に一喜一憂する必要もなくなることになります。此岸での評価よりも彼岸での評価がその人間の真価を決めることになりそうです。見えない世界に、しかも死後の世界に評価の基準を置くなんて、非現実的で、何の実体もないので、そんな夢みたいな妄想に囚われている間に、生に貢献すべきではないかと考えるのが社会通念ではないでしょうか。とはいうものの何か気になってスッキリしないものがあります。

ではなぜ輪廻転生という考えがあるのでしょうか。人間は未完のまま生まれて完成を目指すつもりで生きるのですが、結局は未完のまま死を迎えることになりそうです。だから再び転生してその続きを生きる、そんな繰り返しのことを輪廻と言うんでしょうね。だけどいちいち魂や死後や輪廻転生のことを考えなくても生きられるのです。むしろこのような考えに取り憑かれないで自由気ままに生きた方が、よっぽど面白く愉しく生きられるはずだと思います。この方が生老病死から解放されて生きることができる、それが本当の生き方だと思うようになったのは後期高齢者の保険証が送られてきた頃からですね。残された人生を好きなように生きられればキケロやヘッセの言う至福の時を実現することができるのかも知れません。関西弁で「しゃーないやんけ、なるようになるでェ」という諦観の思想（？）でいられれば、このことが至福なんじゃないでしょうか？　われわれの年齢になると毎日こんな戯言と戯れているのです。またそんな思索（と言えば立派ですが）を背景に絵を描き続けているのです。絵は社会的発言でもプロパガンダでも、自己主張でも何でもないのです。このようなことからさえも自由になって、芸術からも解放されてこの地球という獄の中で獄中記でも書くように描くしかないんです。その内、気がついたら死んでいたでいいのじゃないでしょうかね。そしてそこが漆黒の無明の世界であろうが天女が舞う蓮の池があり、紫の雲が棚引く極楽浄土であろうが知ったことじゃない、魂が存在するなら、その魂におまかせするしかないように思います。

18　言葉を離れる

前回の「少年文学の生と死」を書いたあと二年間もの長期間、続篇を書くことができなくなりました。最後の原稿を渡したのは二〇一二年の七月でした。この数年前から次々とぼくの中の言葉の量が日増しに失われていくのを恐ろしいほど実感していたからです。加齢と共に言葉が失われていくのはぼくに限らず多くの人達が実感すると言います。先ず最初に出てこなくなるのは固有名詞だと言いますが、固有名詞は一〇代の後半からすでに記憶の表層部分から消滅し始めているように思えました。それを体験した最初は高三の時、友人と銭湯に行き、そこであるアメリカ映画の有名俳優の名前が二人共思い出せなくなってしまったことがありました。その俳優の名はアンソニィ・クインだったのですが、思い出した時は二人共裸の身体を叩き合って大喜びをしたほどです。単にど忘れしていたに過ぎず、このような場面にその後も何度も襲われましたが、今日ほどひどくはありません。固有名詞が出てこなくなると、ぼくの場合、間もなく外来語が出てこなくなりました。そして、やがて普通名詞が出てこなくなりました。最初は概念的な言葉だったのが最近は物や形を説明する言葉が出ないのです。これは非常に困ります。特に人前で話す必要の時には本当に情けないほど困るのです。たった一語のために他の言葉をいくつか組み合わせてそのことを言わなければならないので実に廻りくどい表現というか、幼稚な言い廻しになってしまいます。時には毎日見るような簡単な漢字が出てこないのです。これが認知症の入口なのかなあと思い悩むこともありますが、一方でぼくは語彙の貧弱な子供の表現に憧れることもあります。大人は語彙が豊富なためにかえって観念的な表現をしたり理屈っぽい言い廻しをすることがあります。確かに語彙の豊かな人はその表現の多様性を楽しむあまり自己陶酔に陥る場合もあるでしょう。簡単な内容のはずなのに、非常に廻りくどい表現を得意とするために話の主旨が解らなくなってしまう文章に出合うことがあります。その点語彙の少ない子供の言葉はずばり本質を突いてきます。私達大人は確かに子供よりは言葉を沢山使います。そのためにかえって何を言わんとしているのかが我ながら不透明な事態に陥ることがあります。このことは言葉の問題というよりは思考の不整理のためです。思考は言葉ですが、言葉の使用技術が未熟なためではないでしょうか。

ぼくは元々語彙が貧弱です。このことについてはすでに度々語ってきましたが、しかし絵画においてはむしろ語彙が少ない方がストレートで単純、しかも強度のある表現ができるような気がします。この場合の語彙とは視覚言語のことです。子供やアール・ブリュットの絵に共通する表現の力強さにはどこか普段の語彙の活用範囲が限定されていることと関係があるように思います。

ぼくの頭というか身体の中から徐々に、それもかなりスピーディに言葉が失われていくことにいささかの不安があります。言葉による自己表現やコミュニケーションを必要とする日常の現場では困ることが増えているのを実感しています。このことによって他人との接触がどう変化するのか今のところわかりません。ぼくの周辺はなんとなく知的な人達に囲まれています。中には論理的に話す人もいますが、日常会話だけで充分通じ合っているので特に心配することはありません。黒澤明さんの家には時々遊びに行って映画の話を聞くことを一番の楽しみにしていましたが、黒澤さんが観念的で難解な言葉で話されたというようなことはたったの一度もありません。中学生にも解るような映画の話です。しかしその内容は奥が深く、一流の芸術論になっているのです。何も難しい言葉で話さなくても内容の濃い話ができるということをぼくは黒澤さんから学びました。黒澤さんの肉体を通して体験された言葉ですから、感覚に直截に訴えてくるのです。黒澤映画が世界中の人達の心に感動を与えるのは理屈ではなく感覚がそうさせるのでしょう。そしてその視覚言語が人の生命に力を与え、生きること、死ぬことについて本能の深淵な領域で納得することができるのです。

言葉が退化すると同時に、何かがぼくの中で進化してくれれば、それは変化として未来につながるかも知れない、と思っています。失う、あるいは捨てることで何かが得られるとすればそれも良しであろうと。老齢にとって新しいことは変化することだと思いますね。何かを吸収することはもう必要ない。すでに得たものを逆に捨てることによって身軽になる。老齢になると贅肉も自然に落ちていきます。野心も欲望も執着も必要がなくなっていくのでしょうか。ぼくの中に住んでいた青年だった頃のぼくも静かに後退していきます。この年で青年を目指し、求めるのは実に見苦しいことです。とはいうものの青年の残り火が遥か彼方にチロチロ燃えているようですが、やがてぼくの視界から消えてくれるでしょう。

若い頃は私がいて他人がいました。他人を意識する私がいました。老齢になると私と他人がひとつになるような気がします。そのことは作品の方が先に気づいてくれます。私が背負っている自我を私から下ろして身軽になりたいのです。確かに自我が私を作り、作品を創ってきました。しかしそんな私の季節は終ろうとしています。言葉さえも私から下りたがっているような気もします。だからですかね、ぼくの中から言葉が毎日のようにひとつ、ふたつと滑り落ちていくのです。人間が死ぬということは肉体の中から全ての言葉が失くなる状態を言うのではないでしょうか。言葉が残っている間は死ねないのかも知れません。そして死んだら新たな言葉が生まれ、生きていた時代の言葉はその機能を失うことになって、向こうではその意味も内容も伝わらなくなることでしょう。ですから生きている間にうんと使い果たして、言葉の器を空っぽにして旅立つようにできれば最高ですよね。なぜなら言葉の中には人間の煩悩がビッシリ詰まっているからです。

二年もの間、このエッセイが空白になっていたのは以上述べた理由の他にも別の事情も重なりました。一年前に左足親指を骨折したのです。若い頃なら二カ月もすれば治るところが、なんと一〇カ月もかかり、一年が過ぎた現在でも軽い痛みと違和感が残っています。この間歩行ができず、移動は自転車と車。自転車はペダルに足を乗っけるだけで走ってくれます。少し歩けるようになってもせいぜい、一〇〇～二〇〇メートル程度でステッキが必要でした。この間ほとんど身体を動かすことがなかったために運動不足になり、そのため、免疫力も落ち、体力も低下する一方。第一、創作意欲はゼロです。絵画は文学と違って肉体的労働です。肉体のコントロールが乱れると思考も感覚も停止してしまいます。そしてそんな状態から交感神経と副交感神経のバランスが崩れ自律神経失調症になり、現在まで二度の入院生活を余儀なくされました。さらに今年になってから一五年間生活を共にした猫のタマが死んだこともぼくの心に深い傷と悲しみを与えました。まあこのような事情が連載の中断されたことの直接的理由でないとしても、心の中の気持を言葉にする勇気というか、意欲も意味ももうひとつ湧いてこなかったことは事実です。

そしてこの間、ズーッと不安感に襲われ続けていました。いわゆる自律神経のアンバランスからくる、不安神経症です。医師からこれは「横尾さんの持ち味ですから、乗り越えようとしないで共生して下さい」と言われてしまったのです。ウーン、実に素晴らしい進言です。このことは病気に限らず、創造行為にも言えます。人は誰でもいずれ死ぬことはわかっています。老齢になると毎日「死」の意識にとりつかれます。周囲の人達が病気になったり死んでいくからです。若い頃は死は他人のできごとですが、老齢になると私自身の問題になってくるのです。私が肉体に執着している限り私は死の問題から自由になれません。

ですから一度この辺で肉体から離れてみるというのは如何でしょうか。ぼくは今まで肉体についていろいろと書いてきたように思います。心より肉体を信用してきたように思います。肉体は確かにウソをつきません。しかしもう一度肉体について考える必要があるような気がします。ぼくは最近言葉を失うと同時に聴覚も失いつつあります。もともと耳鳴りが持病だったのが、最近は難聴ができてきました。早口でしゃべる人、口の中でモグモグ話す人、小声の人の話は半分以上聴きとれないのです。芝居や落語に行ってもほとんど理解できないまま帰ってくることが多くなりました。ぼくは自分の言葉を失うと同時に他人の言葉も失いつつあるように思います。全て肉体的疾患です。これを病気と考えるか、加齢に拠る老化現象と考えるかです。老化現象と考えれば病気と判断するよりは多少ストレスは減ります。確かに聴こえないというのはストレスですが、どっちにしても忘れることは同じです。発する言葉も聴く言葉もどんどん忘れていきます。本を読んでも、読まないと同じくらい記憶に残りません。記憶することさえも忘れてしまうのです。

だけれど、このことで生活に不便が生じるというようなことは、多少あるとしても障害になることはありません。今のぼくの状況が認知症に発展するのかどうかは不明です。たとえ言葉が不自由になっても絵が描ければそれほど不自由はないでしょう。むしろ言葉から解放されて絵の表現が自由になるかも知れないという、妙な期待さえあります。

デ・クーニングという抽象表現主義のアメリカの画家は認知症になりました。認知症になって以後の作品をＭｏＭＡの個展で観たことがあります。それらの作品は、どうみても画家の意志による表現ではないのです。巨大キャンバスの上方から下方に向かって赤と青の二本の不安定な線が寄り添いながら流れているだけの絵です。こんな作品が何点か展示されていましたが、これらの作品を正当に評価する評者はいなかったのか、その後数年経って開催されたメトロポリタン・ミュージアムでの回顧展にはさすがに展示されていませんでした。話に聞くところでは画廊の人がデ・クーニングに筆を持たせてキャンバスの前に立たせたというのです。事実かどうかはわかりませんが、これらの作品から画家の意志を感じ取るのは難しい作品でありました。そんな画家の末路の悲劇的な状況を知るにつけ、ある種の不安を感じないわけにはいきませんが、そんな先のことまで気にしても仕方ありません。人間の運命はなるようにしかならないような気がします。だから運命に逆らうよりも、運命に従った方が生き易いも知れません。運命と共生すればいいのでしょうか。若い頃はむしろ運命は転換できると思って、運命に挑戦したり逆らったりしたことがありますが、老齢に近づくにつれて、面倒臭くなってくるのです。面倒臭いということは怠けることとは少し異なるような気がします。むしろ肉体の自然法則が面倒臭さを呼び寄せるような気がするのです。そういえばぼくは昔から面倒臭がりの性格がありました。ある時、英語を習いたいと思ってイギリス人のアシスタントを雇ったことがあります。ところが、彼はぼくが英語を習う前に日本語が話せるようになってしまったのですが、彼がある時、「メンドークサイとはどういう意味か?」と聞いてきました。「君はそんな言葉をどこで習ったのか?」と質問をすると、ぼくが一日の間に何度も「メンドークサイ」という言葉を発するというのです。例えばこんな風にこの言葉を使うそうです。「今日はメンドークサイから、仕事は中止!」とか、「エイッ! メンドークサイから早いとこやっちゃおう」という風に如何ようにも活用していたらしいのです。そしてぼく自身はこの「メンドークサイ」に随分救われてきたように思います。「メンドークサイ」は理屈を超えて成りゆきにまかせてしまうような、どうでもいい、こうでなきゃいけないというようなものではないのです。もしかしたらストレスから逃れるための手段だったのかも知れません。

ぼくの生き方の中心に人生などどうでもいいというような投げやり的な部分があるような気がします。「遊んじゃえ」という気分に近いのかも知れません。遊ぶことには真剣になれるけれど真面目なことにはなかなか真剣になれないところがあります。真面目なことの背景には何か欺瞞的なものが見え隠れするので、ついそのことを茶化してしまいたくなるのです。本当にまじめに関わるなら自らの身体を張るだけの覚悟が必要だと思うのですが、ぼくにはそのような勇気がありません。所詮、人生はどことなく喜劇に思えてしまうのです。悲劇でさえ喜劇に思えてならないのです。もし人生を語るとすればチャップリンの映画のように表現するのが一番ふさわしいように思うのです。つまり現実は喜劇であると同時に夢なのです。ホドロフスキーの映画『ホーリー・マウンテン』のラストシーンでカメラがぐんぐん後ろに引いていきます。するとそのシーンを撮影している状景が映されてしまいます。このラストシーンに至る凄まじい現実は全て作り話であったことをバラすのです。そして大真面目で見ていた観客は一転この映画がウソだったということに気づいてしまい、悲劇的な事柄さえ喜劇に変換されてしまい、夢から醒めた時の気分にさせられ、「ナーンだ!」ということになるのです。中には腹を立てる人もいるかも知れません。この映画はわれわれが住むこの世界の欺瞞性を見事に暴きます。多分、監督はスクリーンの後ろで赤んべえをしてベロを出しています。それでいいんです。われわれは自分自身をも騙して生きているわけです。ラストシーンでカメラが引いた地点は宇宙であり死後の視点で、この現世のどこかではないのです。もしかしたら膨大な量の言葉がこの『ホーリー・マウンテン』のような世界を形成しているのかも知れません。カメラが引いた地点にはいっさいの言葉は存在しない言葉の死の世界からわれわれはわれわれの物質世界を眺望していたに過ぎないのです。とはいうものの言葉不在の世界をわれわれは想像することができません。心がある以上言葉も存在するでしょう。肉体の死と同時に言葉も終るでしょう。だけれども、もし死後に心が残ったとすれば言葉も残るに違いないと思います。その場合は心を表すための言葉で、肉体を表すための言葉ではないのかも知れません。つまり死とは心だけになることかも知れないですね。小説家でも哲学者でもないぼくが知りもしない言葉について駄文を書いていること自体喜劇かも知れません。そう、ぼくはいい加減なことしか言えません。ぼくの描く絵は実にいい加減です。その上未完です。自分自身が少しでも自由でありたいと思うならいい加減になるしかないように思います。そしてできれば私自身から離れ、私を消すことができればと言うことなしです。私を目指しながら最後に私を消してしまいたいものですが、聖人ではない者が求めるべき境地ではないのです。本当の聖人なら、私を消すことさえ目的にしないでしょう。気がついたら「私がいなかった」ということでしょう。

19　自分の中の革命

最後の章はしゃべりますね。最近は言葉が出にくく、書くのが苦痛なんですよね。ところで、人間の中には心があるとか魂があるとか霊魂があるとかいろいろ言いますけれど、ぼくは、自分の中にある本体というのが、科学的に解明できない魂のような、または霊なのか、そういうものが常に解放されたがっているような気がするわけです。肉体があるから邪魔になって、それが外に出ないんだけれども、肉体が意識的に行動したりしている時はそんなものが中にいるんだけど、眠ると同時にそういったものは解放されるわけですね。ぼくはよくうとうとうたた寝している時に自分の中の何かが出ていっているなとか、また入ってきたとか、また出ていくなとかいう感じを実感するんですね。それは身体がどちらかというと弱っている時に多いんですよ。

肉体が活力があって元気な時は、魂なのか霊魂なのかわからないそれが身体の中にいるんだけども、肉体が弱り始めたなという、疲労もひっくるめてそういった時はそれがすごく身体から出やすくなるわけです。それで、創造というのは実は精神が創造するというよりも、むしろその魂と言っていいのか霊と言っていいのかわからないものが、創造の海みたいなものから何かを汲み取って、肉体にもどってきた時にわれわれはふと考えとして浮かんだり直観として浮かんだりするような気がするわけです。また創造の時だけでなく、普段も魂と二人三脚で事を成しているように感じます。子供の時がそうでした。それが大人になっても変らないので、ぼくは成長をしていないのかな、と考えることもありますが、それをぼくはいつも感じており、絵を描いている時はできるだけ肉体を軽くしたい。音楽をかけて、そちらのほうへ全部気持を委ねるというんですかね。なるべくものを考えるとか、それから悩むとか苦しむとか、思索するとか、脳の働きだと思われているものから常に解放されるというか、そこから離れたいんですよ。もちろん言葉もそうですよね。そうした時に、絵の中に自分は入り込めて、自由自在とまで行かないまでも、魂との二人三脚になって、それに近い、なんて呼んだらいいのかはわからない解放みたいなものですね。凧の糸が切れたみたいな感じで、何ものとも繋がっていなくて、宙に浮いて思い通りの状態、無心状態というますか。仏教に無為の行為という、何もしない行為っていうのがありますが、もうひとつ無作という、作らない行為というのもありますよね。作らないことを行為と言うのは変だけど、まだ作ろうとしている頭の働きがありますね。頭の働きという観念とか論理とか言葉もひっくるめて、そういうものから離れてしまいたいという感じですね。死んで魂と二人三脚状態になった状態を生きている時に実感できれば最高ですね。

ぼくは最近とみに物忘れぽくて困ってるんですよと言いながら実は喜んでる部分もあるわけです。ものを覚えているために、自分の知っている事柄で何かを作ろうとすると新しいものができにくいんですよね。知らなきゃ素人と同じだから、もう一度無の状態から考えるから、新鮮なものができることは確かですよね。その状態に常に置きたいと思っている。それを思い過ぎたために物忘れが激しくなってきたのかも知れない。その場合の物忘れはぼくは歓迎なんですよ。知識とかいうのは結局暗記した言葉だと思うんですよ。小学校の頃を思い出すとわかりますよね。知識はほとんど暗記。大人になっても、覚えている人っていうのはものすごく暗記力の、それは記憶力と言ったらいいのか、その人のこなし方が上手いのかどっちか知らないけど、そういう感じがするんですよね。そういうものから極力離れたい。だから、絵描きさんが文学者よりとは言えないかも知れないけれど、職業的にはすごく長生きの人が多いような気がするんですよ。ピカソにしてもシャガールにしてもミロにしてもみんな九〇代ですよね。それで毎日絵を描くという労働をしているから長生きしているのか。疲れることは疲れるんだけど、それさえも転換してしまう何か創造的な生命エネルギーみたいなものがある。考えるということとは別次元のところでの、言語で考えるのではなくて、視覚的、感覚的なもので考えるというのか別のところで考える。

この間、テレビでブルース・リーの番組を観ていたら、ブルース・リーが小さい子供に向かって質問するんです。その子供はえーとって考えるわけですね。そうするとブルース・リーが怒るんです。「考えてるじゃないか、きみ。えーとって言うのはおかしいよ、考えちゃダメなんだ」と。考えていると武術で決闘をした時に負けるというわけですね。考えを外さなければいけない。本当に強い人は型にはまっていない。型から解放されて、なんでもいいから勝つということが武術の場合重要だから。日本の相撲みたいに変な勝ち方をすると非難されたりするけども、そんなことは関係なく四十八手の中にあれば構わないわけだから、そのためには型にはまるということが一番創造的ではないと言っているわけですね。そういう型にはまらないためには知識とか概念とか知恵とか経験とか、感覚もひっくるめて逆に邪魔になるわけですね。感覚さえときに邪魔になることがあるんですよね。絵を観る人はそんなふうには観ないんです。何が描いてあるか、何が言いたいかでしか観ない。そんなの何も描こうとしていないわけで、勝手に描ける場合もある。黒澤明さんに、この映画の主題はなんですか？　とインタビュアーが訊くと烈火の如く怒って、そんなものないよって言っていました。したいからしてるんじゃないかという。そういうことをぼくはすごく大事だと思うんですよ、したいからしてる。したくないからしない。その理由なんか別に言葉にすることもないし、それを説明する必要なんか全然ない。それは文学になるとちょっと違うと思うんですよね。文学の人達はそれを説明したがるし、またそれを読者も求めるだろうし。だから何を描いているかじゃなくて、いかに描くか。何を描くかは昔で、いかに描くかっていうのは今日的で、でもそれもダメで、いかに生きるかだと思うんですよ。そのいかに生きるかということが重要で、何を描くのかというのはそれこそどうでもいいわけで。だけど、コミュニケーションというのはどうしても言葉を媒介にして、言葉で説明してくれて初めてあなたがやろうとしていることが理解できましたとかわかりましたという。それは次元が低いんですよね。

だからぼくは絵を描く時は、音楽かけて、自分を誤魔化しているんです。音楽なきゃ碌《ろく》なこと考えないですよ。碌なことを考えないことも、真面目に考えることも、とにかく音楽のメロディとかリズムとかによって全部流して、できればその音の流れる中に委ねて、手は頭と直結しないで独立してもいいんですよ。勝手に動いてくれればいい。頭と直結したら頭は妙なことを考えたりしますからね。だけど文学をやっている人達は全部言葉に置き換えなければいけない。もしぼくがそちらのほうが能力があって得意だったら、たぶん子供の頃から本や音楽に興味関心があったと思うんですね。だけどなぜ一〇代から、二〇代、いや三〇代のかなり後半まで本を読むということに興味がなかったのかわからないんですよ。自分であれこれ書いてみたけどなんだかよくわからないですね。とにかく活字とか文字とか、先生の言う言葉とか友だちの言葉もひっくるめて、とにかく言葉を恐れていたのか。あるいはもっと積極的な言い方をすれば、必要なかった。生活必需品は他にあったんですよ。生活必需品は言葉ではなかったことは確かなんですよね。それはもしかしたら自然だったかも知れないし、あるいは肉体的なもの、遊び回っている、移動しているこの肉体がぼく自身の必需品で、考えるとか言葉はどうでもよかったのかなという気はあるんですよね。

三島由紀夫さんが確か何かでチラッとぼくに言ったことですが、ビジュアリストという言葉、ビジュアリストは程度が低いと。だけど、ビジュアリスト独特の悟りを得ていると言うんですよ。言語的に追求した結果としてそういう悟りの概念を自分で獲得する以前に、ビジュアリストの中では悟りを得ているようなところがあるんじゃないかと。それが一見ビジュアリストの人間は次元が低そうなことを言ったりしたりするという意味だと思うんですよ。だから三島さんも時々次元の低そうなことに興味を持ってやるじゃないですか。あれはたぶんそういうビジュアリストに対するコンプレックスがあったんです。おれは頭が良過ぎて困ってるんだ、もうちょっとおれは下品で通俗的な要素の必要があるんじゃないか。独特の、なんか妙なものを言葉とか概念で長年時間かけて探求してそこで見つけた、悟り的なものをビジュアリストって、本人も知らないうちにどうもそれを知っちゃっているんじゃないかと。ぼくは二、三回三島さんを脅かしていることがあるんですよ。三島さんが『人斬り』という映画に出ていて、最後のシーンで竹光で切腹するシーンがあるんです。その映画を三島さんと一緒に観たんですよ。三島さんがぼくの後ろに座って映画が終ると同時に三島さんは「おい、横尾くん生きてるか？」と妙な質問をしたんです。ショックを受けてショック死したんじゃないかという意味だと思うんですが。それで、ぼくはその時三島さんに「映画の中で、本番でどうして本当の竹光を自分の腹に突き刺してそこで本気になって切腹しなかったんですか？」と言ったんです。そうしたら三島さんはものすごく怖い顔して睨みつけて、太い、だが小さい声で「きみはどうしてそういうことがわかるんだ」と言うんですよ。そんなの「わかる」も何も、ふとぼくの口から出てきた言葉でそのほうが面白いじゃないかみたいな。三島さんは結局文学をやったり政治的なことをやったりしているけれども、結局はその映画の中で本気で腹斬って死んでしまえば最も面白くて恐しいパフォーマンスになるわけです。まあそれに近いことを三島さんは最後にやってしまったわけですが。三島さん的に言えば、ぼくは、次元が低いというか程度が低いというかなんというか下品だと言われ、一方でなぜそんなことがわかるのか？　と思われたことが他にも何回かあったんです。

だから文学は肉体的なものでないことは確かですね。非常に頭脳的というか観念的で論理的なものですよ。三島さんはその自分に文学に対するコンプレックスがあったと思うんです。そのために肉体で文学と互角に戦おうとしたんじゃないですか。だからF104とかというジェット機に乗せてもらって成層圏まで飛んで行っちゃったことがあるじゃないですか。あの時三島さんは、これでおれはやっと精神と肉体が互角になったと思ったと書いているわけですよね。だから随分肉体的コンプレックス、精神的コンプレックスと言ってもいいかも知れないけど、そういうものがあったような気がするんですよね。それはそれでおかしいですよね。単純と言えば単純ですよね。ジェット機に乗って成層圏飛び越えて音速超えた途端に精神に勝ったなんて言ったり、精神と互角になったとかそういう発想自体が子供っぽいじゃないですか。あの子供っぽさは、一〇代の発想で魂と二人三脚をしている人間の言うことで、余生があると思っている人の言うことではないですよね。三島さんが市ヶ谷に行ったこととも通じている気がするわけです。だから三島さんはものすごく謎を残してしまったわけですよね。あれはもっと文学的な死であったり、演劇的な死であったり、ロマンチストな死であったり、それから政治的な死であったり、ホモセクシュアルな切腹願望の死であったり、お遊び的な死であったりと、どんなふうにも解釈できるようにわれわれに解釈の選択の余地を与えている自由さを彼が残してくれたことは確かなんです。だから解決しませんよ、あれは現世レベルの課題じゃないですよ。

普通はみんな目的を持ちます、結果も考えます、大義名分もあります、そういったことで初めて行動を起こすわけだけど彼の中にはそれはないんですよ。ところがそれを論じようとする人は結果を見る、目的を探す、大義名分はなんだったのかということに関心を持つんだけど、三島さんにははっきりそれがないんですよ。そこは絵描きの人間に似ていると思うんです。画家って目的も持ってないんですよ。ギャラリーで展覧会をするとか、有名になるとか、そんな目的じゃないんですよね。目的もないし結果も考えない。だけど文学になると目的も考えなければいけないし、誰かに説明を求められたら答える用意もしなければいけないみたいなことは宿命的というか運命的というか職業的にありますよね。絵に関してはそんなこと誰も訊いてくれない。ぼくがもしセザンヌだとすると、「セザンヌさん、あなたなんでリンゴばっかり描いているんですか」という質問は誰もしないですからね。それでそういう質問されたらセザンヌも困ると思う。なんでリンゴばっかり描いてるかって、描きたいから描いてるとかそんなことしか言えなくなってしまうと思うんですよね。そのリンゴがなんで美術の革命を起こしたかはわからないし。ぼくは芸術で革命を起こす、あるいはいままで観たことないような美術に触れた時は観た人の意識というのか、概念がその時ドドドドって崩れていくと思うんですよ。それがぼくはその人の革命だと思うんです。ゴダールの映画の中で、アンナ・カリーナが恋人と別れて、さっきまでの恋人が下の広場を去っていくところをカーテンの隙間から見送るところがあるんです。その時アンナ・カリーナがカーテンを替えましょうみたいなことを言うんですよ。で、カーテンを替える。カーテンを替えるということは前の男と住んでいた時のカーテンで生活したくないわけですよ。新しいカーテンに取り替えたい。それこそ革命だと思うんです。彼女にとってのレボリューション。昨日の生活と今日の生活をカーテン一枚で替えてしまう。これが革命であり、これが政治でもあるんです。国会議事堂の中で行われている政治だけが政治じゃないわけですね。芸術の中にも、ちょっとしたカーテンを替える／替えないというそこに政治が起こる。

絵の現物はその人の身体から流れ出たアウラというのがあるわけですよね。タッチとか、そういったマティエールに移し込まれているというのか、それを観客は観るんですよ。われわれはゴッホの麦畑や、ゴッホの郵便配達夫を観ているんじゃなくて、塗りたくった絵具のタッチを観ているんですよ。あのタッチの心地よさをみんな観ているわけで、美術史家的に観るとそこにいろいろな説明が加えられますよね。彼の人生経験あるいは彼の思想や歴史や宗教心、ありとあらゆることが美術史的に説明される。そうではなくて、あの厚く塗られた物質としての絵の具を観ているんですよ。だから例えばマグリットのように技術を消したような絵からさえも絵の具の表層を観るんです。ただマグリットの場合はすごく思索ということ、考えるということを絵にしている人で、デュシャンほども徹底してないけども、絵を通してものを思索するわけですよ。そんなめんどくさいこと、それよりゴッホみたいに絵の具を観ているほうがいいんじゃないですか。だからマグリットの受ける今日性というのはたぶんマグリットの絵が言語的で観念的だというところもあると思うんですよね。まあ言語的であったり、謎とかそういうミステリアスであったりするものが隠されているからそれを探るという楽しみもあるかも知れないですけどね。だけど彼は二〇世紀の芸術に大きい影響はさほど与えてないと思うんですよ。芸術の前進が見られないんですよね。ピカソなんかどんどん自分の描いたものを否定してそれを破壊させ、崩落させながら進歩していくわけだけどもマグリットは同じスタイルでずっと来ているから芸術の進歩はないんですよ。マグリットは絵描きと呼べないかも知れない。むしろ哲学者と呼んだほうがいいのかも知れない。絵描きとしてはよくないですよね。すごく技術の優れた上手い看板屋さんみたいなものだから。だけど、彼の絵の普遍性は彼の絵が全部思索しているということにあるでしょうね。だからマグリットは文学者が好きなんですよ。また観念的な人によって愛されているんです。だけどデュシャンから見れば「甘い！」ということになるでしょうね。デュシャンの考えはすごいですからね。ピカソだったら「お前そんなことで頭使ってる時間があるんだったらもっと描け」と言うでしょうね。

みんな一人一人の顔が違うように、双子でさえ顔が違うわけだから、その人間一人一人がピタッと同じ人はたぶんいないと思うんですよ。そうすると一人一人が独自の個性を持っているわけですよね。そうしたらぼくだったらぼくという個性を持っている、それぞれ個性を持っている。それを全体に発揮できれば誰にも似ない自分が現れるわけですよね。それは出せるものなのかどうかみたいなことで、われわれものを作る人間は常に考えているわけです。文学者よりも画家のほうがそういう実験は毎日しています。文学者は何を、どういう思想、どういう考えを伝えたいか、語りたいかというのがある。絵描きというのは思想なんか伝える必要がない、先ず思想はあってもなくてもいい。文学者は明快にはっきり、自分の言わんことと同じことを相手に伝えたいと思うんじゃないかな。そういう欲求があると思うんです。絵の場合は自分と同じ考えを相手に伝えたいと思っていないんですよ。違うことを全く意に反したようなことが伝わっている、それはそれでいいじゃないかというふうに考えるわけですよね。答えを描くというより、問いを投げかけるんですよね。だからそういう意味ではあんまり論理的でもないし、思想を表現する必要もない。見る側が思想を語ればいい。黒澤さんの映画は思想の塊のように見えるけども思想の話になると黒澤さんは烈火の如く怒って、こんなもん思想なんか何もないよって、そんな風になるんですよね。痛快です。

それはさっきのセザンヌもそうだし、芸術の純粋行為みたいなものを追求するとリンゴとかサント・ヴィクトワール山になってしまうんですよね。サント・ヴィクトワール山は一体何枚描けばいいのか。文学だったら、一作書けば同じようなものを何作も書く必要はない。ぼく達はそうじゃない。ひとつのことを描くと。どのように描けばこの絵を通して本当のことが言えるのかということを模索しているわけですよね。一〇〇枚描けばいいのか、二〇〇枚描けばいいのか。実にくだらないことを追求しているわけですよね。世間にとっても自分にとっても実にくだらない。これものすごく頭のいい、明晰な奥さんがいれば「あなたなんでこんな毎日なんの役にも立たない同じものを描いているんですか」って言われるかも知れない。ぼくが絵描きの奥さんだったらそう言いますね。意味がないことをやっているわけだから。意味のないことをいかに深く追求するかということで、これは描いていかないとわからないんですよ。よくこれで誰も怒らないで許してくれるなという。すごく笑っちゃうくらい不思議ですね。

だけどこれはやっぱり自分の中で革命を、自分なりのレボリューションを起こしたいという気持なのかも知れないですね。昨日までうんと抽象化されたあれを描いた。

ついに抽象まで来たじゃないか。これで終りかなと思ったらそうじゃない、今度は具象にボーンと一八〇度もどってしまった。ここから描き始めて、また抽象にいくと思うんですよ。そうするとあの抽象じゃない別の抽象にいくかも知れない。あるいは……全然わからない。人生はこういうものなのかなと。役に立つことを一生懸命、これをやることで社会に還元するとかいうことは人生じゃなくて、実に役に立たないことを一生懸命やるということが人生なのかなということです。役に立たないこと、真面目なのかお遊びなのかふざけているのかわからないことをやるということが人生にとってすごく重要なんじゃないかなという気がするんですよね。今はわからないけど死んだ時に答えが出るかも知れない。生きている時に実に真面目なことばっかりやっていた。死んだ時にハタと気がついてなんておれはバカだったんだ、なんであんな真面目なことをやってたんだと。もっとふざけてもっと好き放題遊んでおけばよかったって思うかも知れないですよね。

死というのは間口は狭いんだけども、中はものすごく広い世界だと思うんですよね。だからわれわれは今生きていて死への関門の狭いちっちゃい穴みたいなところに向かって仕事をして生きていっていると思うんですが、その穴に上手くスコンと入ってワァーって広がった時に驚かないような生き方というのが実は必要なんじゃないですかね。

（談）

あとがき

二〇一一年から二〇一四年の間に『ユリイカ』で〈夢遊する読書〉と題して、ぼくが最もニガ手とするテーマでエッセイを書いてきましたが、二〇一二年まで書いたところで急に書けなくなり、その間二年二カ月ほど空白ができてしまいました。この頃から極度に物忘れが激しくなり、言葉を日に日に失っていく現象が起こりました。日常会話さえ困ることが多く、人と話をしている最中にも何度も絶句する場面が多くなったのですが、これも老化のひとつだから、誰にでもあることなので心配することないですよ、と大抵の人はなぐさめてくれます。一般的な初期段階は人名や地名などの固有名詞が出てこなくなるのですが、ぼくの場合は、固有名詞の次に外来語がサッパリ出てこなくなり、その内、日常生活の中で常に登場する、食物の名や物の名が出てこなくなりました。

そんな記憶障害を抱えながら、文章を書くことが大変つらくなってきました。このような現象はすでに二〇年ほど前から起っているのです。困ったものです。だからなるべく人と話したり、文を書いたり、リハビリのつもりでそんな機会を持つようにしていますが、公衆を前にしたり、メディアを対象にする仕事の場合はかなり困るのです。

本を読むことはできるのですが、例えばそれを書評する段階（現在、朝日新聞で書評を担当）になるとかなり困ることが多いのです。つまり読み終っても、その内容が理解できなかったり、すっかり忘れてしまっていることがあるからです。よくそれで書評が務まりますねと親しい友人達は笑ってくれますが、そうなんです、だからピントはずれの書評が多いんじゃないかとヒヤヒヤもんです。ですから他の評者に比べるとぼくの書評はかなりエッセイ的だと思います。

『ユリイカ』に連載中から、いずれ単行本にしたいと担当編集者の明石陽介さんは考えておられたようですが、終ってしまえば果たして単行本として成立するのかどうかはかなり問題だとぼくは思っています。また単行本担当の渡辺和貴さんはどう思っておられるのか知りませんが、何しろ『ユリイカ』にしろ青土社さんの読者層を考えると、ぼくのような人間の書くような本は不釣合いじゃないでしょうか。絵についてはある程度客観的な視座で理解できますが、文に関しては全く解りません。今となってはおまかせするしかありません。

それにしても路線から踏み外しながらも『ユリイカ』の明石さんよくおつき合い下さいました。また本書の上梓に熱心に取りかかっていただいた渡辺さんにも深くお礼を申したいと思います。

装幀に使用した絵はルネ・マグリットの「従順な読者」と題する作品です。本書を手になんだか驚いている姿でしょうか？

横尾忠則

二〇一五年八月三〇日

文庫版　あとがき

　本書の親本（単行本）が出版されて、早五年が経つ。その前には「ユリイカ」で約四年間、途中で二年間休筆したりしながら、やっと連載が終了した。その時点では単行本構想など持っていなかったが、青土社から「出しましょう」と言っていただいて、首をすくめながら、「恥ずかしい」気分で出してもらった。そんな本が講談社エッセイ賞を頂いたのだからわからないものだ。そして五年後に講談社文庫として再び陽の目を見ることになって、当時とは全く異なった社会情勢の中で、この本がどのような読まれ方をするのか、大変興味がある。というのは人類が想像もしなかった新型コロナウイルスに遭遇して、社会的、個人的生活が根底から一変してしまった。と同時にわれわれの意識も操縦不能の乗物と化して、どこに向かって走行しようとしているのか全くわからなくなってしまっている。従って、それ以前に書いたものが、果たして今日のツァイトガイスト（時代精神）によって、如何《いか》なる反応をするのか、私自身責任の取りようがない。恐らく以前に単行本を読んで下さった方が、再びこの文庫を手にされた時は、別物に見えるのではないだろうか。もし、あの文を書いた『ユリイカ』連載時がコロナ禍に襲われていたと仮定すると、きっと内容にも大きい変化があったと思うし、今、本書を読む読者はコロナ禍と無関係に接することはできないはずだ。そんな以前と今日の時間差の中で、本書がどのようなスタンスで読者に接するのだろうかと考えると大変興味深い。

本書の中でも宿命とか運命について語っているが、コロナ禍を迎えたことで、今まで以上にこのようなテーマには関心を持っていただけるのではないだろうか。コロナ禍に遭遇してしまった人類ひとりひとりが自らの運命と向き合うことになった。コロナを相手にどう運命を切り拓《ひら》いていくのか、それとも運命に従うのか、難しい課題を与えられてしまったものだ。従来の私なら、全て運命に従う生き方をしただろう。コロナは単なる伝染病ではなく、死を伴ってジワジワと接近してくる。そういう意味では人間の寿命によく似ている。これがコロナではなく、例えばガンのような病気であれば、ここまでパンデミックにならないだろう。どうせ、いつかは死ぬんだ。三人に一人はガンで死ぬとも言われている。そんなガンに対しては、われわれはどこか運命として諦念している。だけど、コロナは許せないのだ。同じ死ぬならコロナだけでは死にたくない。

戦時中、病気で死ぬなら年齢はいとわないが、戦争では死にたくないという心境と、コロナとはどこかよく似ている。ガン患者が、コロナに感染したとする。その人はガンで死ぬ方を選ぶか、コロナを選ぶか。人間はいずれ死ぬんだからガンだって、脳梗塞だって、心筋梗塞だって、コロナだって、どっちだっていいというのは、言えそうで言えない。まるで臨済禅《りんざいぜん》の公案《こうあん》を突きつけられているようだ。話がとんでもない方向に来てしまった。この私の考えの続きはどうぞご自分のテーマとして考えてみて下さい。

奇《く》しくも、この文庫本のための「あとがき」は単行本の「あとがき」と同じ八月三十日に書くことになった。文庫本になるまで、編集担当の里村孝人さんには長い間、お待たせすることになりました。単行本と同じルネ・マグリットの絵（「従順な読者」）を再びカバーに使用させていただくことにした。

二〇二〇年八月三十日

横尾忠則

講談社文庫刊行の辞

二十一世紀の到来を目睫に望みながら、われわれはいま、人類史上かつて例を見ない巨大な転換期をむかえようとしている。

世界も、日本も、激動の予兆に対する期待とおののきを内に蔵して、未知の時代に歩み入ろうとしている。このときにあたり、創業の人野間清治の「ナショナル・エデュケイター」への志を現代に甦らせようと意図して、われわれはここに古今の文芸作品はいうまでもなく、ひろく人文・社会・自然の諸科学から東西の名著を網羅する、新しい綜合文庫の発刊を決意した。

激動の転換期はまた断絶の時代である。われわれは戦後二十五年間の出版文化のありかたへの深い反省をこめて、この断絶の時代にあえて人間的な持続を求めようとする。いたずらに浮薄な商業主義のあだ花を追い求めることなく、長期にわたって良書に生命をあたえようとつとめるところにしか、今後の出版文化の真の繁栄はあり得ないと信じるからである。

同時にわれわれはこの綜合文庫の刊行を通じて、人文・社会・自然の諸科学が、結局人間の学にほかならないことを立証しようと願っている。かつて知識とは、「汝自身を知る」ことにつきていた。現代社会の瑣末な情報の氾濫のなかから、力強い知識の源泉を掘り起し、技術文明のただなかに、生きた人間の姿を復活させること。それこそわれわれの切なる希求である。

われわれは権威に盲従せず、俗流に媚びることなく、渾然一体となって日本の「草の根」をかたちづくる若く新しい世代の人々に、心をこめてこの新しい綜合文庫をおくり届けたい。それは知識の泉であるとともに感受性のふるさとであり、もっとも有機的に組織され、社会に開かれた万人のための大学をめざしている。大方の支援と協力を衷心より切望してやまない。

一九七一年七月

野間省一

講談社文芸文庫

塚本邦雄
新古今の惑星群
解説・年譜＝島内景二
つE12
978-4-06-521926-3

万葉から新古今へと詩歌理念を引き戻し、日本文化再建を目指した『藤原俊成・藤原良経』。新字新仮名の同書を正字正仮名に戻し改題、新たな生を吹き返した名著。

塚本邦雄
茂吉秀歌『赤光』百首
解説＝島内景二
つE11
978-4-06-517874-4

近代短歌の巨星・斎藤茂吉の第一歌集『赤光』より百首を精選。アララギ派とは一線を画して蛮勇をふるい、歌本来の魅力を縦横に論じた前衛歌人・批評家の真骨頂。

芥川龍之介 藪の中
有吉佐和子 新装版 和宮様御留
阿刀田 高 ナポレオン狂
阿刀田 高 新装版 ブラック・ジョーク大全
相沢忠洋 「岩宿」の発見〈幻の旧石器を求めて〉
鮎川哲也 りら荘事件
赤川次郎 偶像崇拝殺人事件
赤川次郎 人間消失殺人事件
赤川次郎 三姉妹探偵団
赤川次郎 三姉妹探偵団2〈キャンパス篇〉
赤川次郎 三姉妹探偵団3〈珠美・初恋篇〉
赤川次郎 三姉妹探偵団4〈怪奇篇〉
赤川次郎 三姉妹探偵団5〈復讐篇〉
赤川次郎 三姉妹探偵団6〈危機一髪篇〉
赤川次郎 三姉妹探偵団7〈駈け落ち篇〉
赤川次郎 三姉妹探偵団8〈人質篇〉
赤川次郎 三姉妹探偵団9〈青ひげ篇〉
赤川次郎 三姉妹探偵団10〈父恋し篇〉
赤川次郎 死が小径をやってくる〈三姉妹探偵団11〉

赤川次郎 死神のお気に入り〈三姉妹探偵団12〉
赤川次郎 次女と野獣〈三姉妹探偵団13〉
赤川次郎 心地よい悪夢〈三姉妹探偵団14〉
赤川次郎 ふるえて眠れ、三姉妹〈三姉妹探偵団15〉
赤川次郎 三姉妹、呪いの道行〈三姉妹探偵団16〉
赤川次郎 三姉妹、初めてのおつかい〈三姉妹探偵団17〉
赤川次郎 恋の花咲く三姉妹〈三姉妹探偵団18〉
赤川次郎 月もおぼろに三姉妹〈三姉妹探偵団19〉
赤川次郎 三姉妹、ふしぎな旅日記〈三姉妹探偵団20〉
赤川次郎 三姉妹、清く貧しく美しく〈三姉妹探偵団21〉
赤川次郎 三姉妹と忘れじの面影〈三姉妹探偵団22〉
赤川次郎 三姉妹、舞踏会への招待〈三姉妹探偵団23〉
赤川次郎 三人姉妹殺人事件〈三姉妹探偵団24〉
赤川次郎 三姉妹、さびしい入江の歌〈三姉妹探偵団25〉
赤川次郎 静かな町の夕暮に
泡坂妻夫 花火と銃声
新井素子 グリーン・レクイエム
安能務 訳 封神演義 全三冊
安西水丸 東京美女散歩

トルーマン・カポーティ 安西水丸 訳 真夏の航海
綾辻行人 緋色の囁き
綾辻行人 暗闇の囁き
綾辻行人 黄昏の囁き
綾辻行人 殺人方程式〈切断された死体の問題〉
綾辻行人 鳴風荘事件 殺人方程式Ⅱ
綾辻行人 十角館の殺人〈新装改訂版〉
綾辻行人 水車館の殺人〈新装改訂版〉
綾辻行人 迷路館の殺人〈新装改訂版〉
綾辻行人 人形館の殺人〈新装改訂版〉
綾辻行人 時計館の殺人〈新装改訂版〉
綾辻行人 黒猫館の殺人〈新装改訂版〉
綾辻行人 暗黒館の殺人 全四冊
綾辻行人 びっくり館の殺人
綾辻行人 奇面館の殺人 (上)(下)
綾辻行人 どんどん橋、落ちた〈新装改訂版〉
綾辻行人ほか 7人の名探偵
我孫子武丸 探偵映画
我孫子武丸 新装版 8の殺人

我孫子武丸 眠り姫とバンパイア
我孫子武丸 狼と兎のゲーム
我孫子武丸 新装版 殺戮にいたる病
有栖川有栖 ロシア紅茶の謎
有栖川有栖 スウェーデン館の謎
有栖川有栖 ブラジル蝶の謎
有栖川有栖 英国庭園の謎
有栖川有栖 ペルシャ猫の謎
有栖川有栖 幻想運河
有栖川有栖 幽霊刑《デ》事《カ》
有栖川有栖 マレー鉄道の謎
有栖川有栖 スイス時計の謎
有栖川有栖 モロッコ水晶の謎
有栖川有栖 インド倶楽部の謎
有栖川有栖 新装版 マジックミラー
有栖川有栖 新装版 46番目の密室
有栖川有栖 虹果て村の秘密
有栖川有栖 闇の喇《らっ》叭《ぱ》
有栖川有栖 真夜中の探偵
有栖川有栖 論理爆弾
有栖川有栖 名探偵傑作短篇集 火村英生篇
姉小路 祐 監察特任刑事《デカ》
姉小路 祐 影のクロス〈監察特任刑事《デカ》〉
姉小路 祐 緘《かん》殺《さつ》のファイル〈監察特任刑事《デカ》〉
浅田次郎 日輪の遺産
浅田次郎 勇気凜凜ルリの色
浅田次郎 勇気凜凜ルリの色 四十肩と恋愛
浅田次郎 地下鉄《メトロ》に乗って
浅田次郎 霞町物語
浅田次郎 ひとは情熱がなければ生きていけない〈勇気凜凜ルリの色〉
浅田次郎 シェエラザード(上)(下)
浅田次郎 歩兵の本領
浅田次郎 蒼穹の昴 全四巻
浅田次郎 珍妃の井戸
浅田次郎 中原の虹 全四巻
浅田次郎 マンチュリアン・リポート
浅田次郎 天国までの百マイル
青木 玉 小石川の家
阿部和重 アメリカの夜
阿部和重 グランド・フィナーレ
阿部和重 A B C〈阿部和重初期作品集〉
阿部和重 ミステリアスセッティング
阿部和重 IP/NN 阿部和重傑作集
阿部和重 シンセミア(上)(下)
阿部和重 ピストルズ(上)(下)
阿部和重 クエーサーと13番目の柱
麻生 幾 加筆完全版 宣戦布告(上)(下)
甘糟りり子 産む、産まない、産めない
甘糟りり子 産まなくても、産めなくても
赤井三尋 翳《かげ》りゆく夏
あさのあつこ NO.6〔ナンバーシックス〕#1
あさのあつこ NO.6〔ナンバーシックス〕#2
あさのあつこ NO.6〔ナンバーシックス〕#3
あさのあつこ NO.6〔ナンバーシックス〕#4
あさのあつこ NO.6〔ナンバーシックス〕#5
あさのあつこ NO.6〔ナンバーシックス〕#6
あさのあつこ NO.6〔ナンバーシックス〕#7

講談社文庫　目録

あさのあつこ　NO.6〔ナンバーシックス〕#8
あさのあつこ　NO.6〔ナンバーシックス〕#9
あさのあつこ　NO.6beyond〔ナンバーシックス・ビヨンド〕
あさのあつこ　待　っ　て　る〈橘屋草子〉
あさのあつこ　さいとう市立さいとう高校野球部（上）（下）
あさのあつこ　〈さいとう市立さいとう高校野球部〉甲子園でエースしちゃいました
阿部夏丸　泣けない魚たち
朝倉かすみ　肝、焼　け　る
朝倉かすみ　好かれようとしない
朝倉かすみ　ともしびマーケット
朝倉かすみ　感　応　連　鎖
朝倉かすみ　たそがれどきに見つけたもの
朝比奈あすか　憂鬱なハスビーン
朝比奈あすか　あの子が欲しい
荒山　徹　柳生大作戦（上）（下）
天野作市　気高き昼寝
天野作市　みんなの旅行
青柳碧人　浜村渚の計算ノート
青柳碧人　浜村渚の計算ノート　2さつめ〈ふしぎの国の期末テスト〉
青柳碧人　浜村渚の計算ノート　3さつめ〈水色コンパスと恋する幾何学〉
青柳碧人　浜村渚の計算ノート　3と1/2さつめ〈ふえるま島の最終定理〉
青柳碧人　浜村渚の計算ノート　4さつめ〈方程式は歌声に乗って〉
青柳碧人　浜村渚の計算ノート　5さつめ〈鳴くよウグイス、平面上〉
青柳碧人　浜村渚の計算ノート　6さつめ〈パピルスよ、永遠に〉
青柳碧人　浜村渚の計算ノート　7さつめ〈悪魔とポタージュスープ〉
青柳碧人　浜村渚の計算ノート　8さつめ〈虚数じかけの夏みかん〉
青柳碧人　浜村渚の計算ノート　8と2分の1さつめ〈つるかめ家の一族〉
青柳碧人　浜村渚の計算ノート　9さつめ〈恋人たちの必勝法《マーチンゲール》〉
青柳碧人　東京湾　海中《かいちゅう》高校
青柳碧人　希土類《レアアース・ガール》少女
青柳碧人　霊視刑事夕雨子《ゆうこ》1〈誰かがそこにいる〉
朝井まかて　花《はな》競《くら》べ〈向嶋なずな屋繁盛記〉
朝井まかて　ちゃんちゃら
朝井まかて　す　か　た　ん
朝井まかて　ぬけまいる
朝井まかて　恋　歌
朝井まかて　阿《お》蘭《らん》陀《だ》西《さい》鶴《かく》
朝井まかて　藪医《やぶい》ふらここ堂
朝井まかて　福　袋
歩《あゆみ》りえこ　ブラを捨て旅に出よう〈貧乏乙女の"世界一周"旅行記〉
安藤祐介　営業零《ぜろ》課接待班
安藤祐介　被取締役《とりしまられやく》新入社員
安藤祐介　おい！　山　田〈大翔製菓広報宣伝部〉
安藤祐介　宝くじが当たったら
安藤祐介　一〇〇〇ヘクトパスカル
安藤祐介　テノヒラ幕府株式会社
青木　理　絞　首　刑
天祢　涼　議員探偵・漆原翔太郎〈セシューズ・ハイ〉
天祢　涼　都知事探偵・漆原翔太郎〈セシューズ・ハイ〉
麻見和史　石　の　繭〈警視庁殺人分析班〉
麻見和史　蟻《あり》の階段〈警視庁殺人分析班〉
麻見和史　水晶の鼓動〈警視庁殺人分析班〉
麻見和史　虚空の糸〈警視庁殺人分析班〉
麻見和史　聖者の凶数〈警視庁殺人分析班〉
麻見和史　女神の骨格〈警視庁殺人分析班〉
麻見和史　蝶の力学〈警視庁殺人分析班〉
麻見和史　雨色の仔羊〈警視庁殺人分析班〉

2020年9月15日現在